Aron David Bernstein

# Vögele der Maggid

Eine Geschichte aus dem Leben einer kleinen jüdischen Gemeinde

Aron David Bernstein

**Vögele der Maggid**
*Eine Geschichte aus dem Leben einer kleinen jüdischen Gemeinde*

ISBN/EAN: 9783741158759

Hergestellt in Europa, USA, Kanada, Australien, Japan

Cover: Foto ©Andreas Hilbeck / pixelio.de

Manufactured and distributed by brebook publishing software
(www.brebook.com)

Aron David Bernstein

**Vögele der Maggid**

# Vögele der Maggid.

Eine Geschichte

aus dem

Leben einer kleinen jüdischen Gemeinde.

Von

## A. Bernstein.

Neue Bearbeitung.

Leipzig

Ernst Keil.

1864.

# I.

F . . . . . ist ein Städtchen an der Weichsel, dessen Existenz die Königl. Preußische General-Post-Karte vom Großherzogthum Posen hinreichend verbürgt; sein Ruf jedoch als K'hilla¹) ruht auf besserer, auf historischer Basis, seine Berühmtheit wurzelt in der Geschichte der Vorväter, wessen sich Kind und Rind in der ganzen guten K'hilla mit großem Stolze bewußt ist.

Es ist nämlich F. dieselbe K'hilla, in welcher vor hundert Jahren ein sehr berühmter Chasan²), Namens Ephraim Greidicker, wirkte, dessen Synagogen-Lieder noch heutigen Tages die Schlummerarien jedes echten Wiegenkindes in F. sind.

1) Jüdische Gemeinde. — 2) Vorsänger in der Synagoge.

Die Behörde könnte diese rührenden Melodien als hinreichende Legitimation statt eines Geburts= attestes aus F. brauchen; mindestens steht es fest, daß Jeder, dem diese sanften Töne fremd sind, eher gar nicht als in F. geboren sein kann.

Welch kaltherzigem Wesen diese eine historische Thatsache nicht Bürgschaft genug für die Be= rühmtheit unseres Städtchens ist, höre und wisse, daß vor etwa achtzig Jahren der „Maggid" [1] dort lebte, der, wie jeder Mensch aus F. bestätigen wird, „von Echwelt bis Echwelt nicht seines Glei= chen hatte." In der Erinnerung an ihn war es in F. zum Sprüchwort geworden: „Wenn er Buße predigte, fingen die Betpulte an zu zittern und bei seinen Grabreden haben alle Leichensteine geweint." Darum war auch ein „Wörtchen" vom Maggid, Friede sei mit ihm, ein Honigseim für jedes K'hilla=Kind. Wer dergleichen nicht mit Enthusiasmus aufnahm, mußte von Fremdlingen in der Gemeinde herrühren.

———

1) Prediger, Redner.

Ein drittes historisches Merkmal unseres Städtchens ist noch epochemachender zu nennen; denn nach diesem Ereigniß wurde in Wirklichkeit gezählt. Das Ereigniß war ein Brand und zwar ein großer Brand, in welchem das ganze Städtchen vor etwa vierzig Jahren drauf ging. Nicht das Beshamidrasch [1]), nicht die liebe heilige Schul [2]) blieb verschont, sogar das Haus des Herrn Bürgermeisters, das gar noch nicht nöthig hatte abgebrannt zu werden, ging auch in der allgemeinen Zerstörung unter. — Nur die Mikwe [3]) — und das war das größte Wunder, das J. weltberühmt machte — blieb stehen und auch nicht eine einzige Schindel ihres Daches konnte vom Feuer angegriffen werden.

Als nach dem großen Elend dieses vielbesprochenen Brandes der ganze sicher prophezeite Reichthum der Gemeinde in den Geldern der Feuerassecuranz eintraf, wurde das Städtchen wiederum neu aufgebaut und zwar in dem wür-

---

1) Haus, wo der Talmud studirt wird.   2) Synagoge.   3) Tauchbad für Frauen.

digen einfachen Baustyl, der das Schöne mit dem Nützlichen verband, und der ganzen Gemeinde die Uniform einer kleinen einstöckigen Kaserne verlieh.

Nur vier Gebäude machten eine Ausnahme. Die heilige liebe Schul wurde in einer Schönheit aufgemauert, desgleichen die Welt nicht gesehen hat. Man trieb die Pracht hierin gar so weit, sich die nah und fern berühmten „Schnitzler" aus Kempen kommen zu lassen, um die heilige Lade und den Vorleserpult mit vergoldetem Schnitzwerk zu versehen. — Auch das Haus des Herrn Bürgermeisters zeichnete sich beim Neubau durch einen zweiten Stock aus, obgleich kein Mensch in J. begreifen konnte, wozu man sich eine Wohnung über der andern erbaut, um auf einer Treppe dort hinaufzusteigen, wenn man so bequem im Erdgeschoß wohnen kann. — Doch der Bürgermeister that es und die Gemeinde mußte schweigen. Nicht so ganz schweigsam verhielt sich die Welt in J., als sie sah, daß sich der reichste Mann der K'hilla, Reb Noach Brall, auch ein zweiſtöckiges Haus aufrichtete. — War er auch der Angeſehenſte in der Gemeinde, und durch ſeinen Reichthum berechtigt zu allen äußerlichen Würden, ſo mochte man ihm doch dieſen Luxus nicht verzeihen, zumal er bereits ſechs Jahre kinderlos mit ſeiner ſchönen Frau Täubchen lebte und eigentlich nicht viel aus den vier Pfählen ſeiner Stube im Erdgeſchoß herauskam.

Zeichneten ſich dieſe drei Gebäude nach dem Brande zum Vortheil vor der Uniform des ganzen Städtchens aus, ſo machte die wunderreiche Mikwe, ſo hochgeprieſen ſie auch in der erſten Zeit war, eine ſeltſame und etwas ſehr verfallende Ausnahme. Aber ihr Ruhm, der Ruhm einer von keiner Flamme antaſtbaren Mikwe, verblieb noch lange Jahre nach dem Brande und gehörte zu den Dingen, auf welche jedes Kind aus der K'hilla mit Recht ſtolz war.

Zu all den Berühmtheiten aber kam nach dem Brande noch der Umſtand, daß die Gemeinde ſich nach den üblichen großartigſten Parteikämpfen, die je eine K'hilla bei ſolcher Gelegenheit geſehen, entschloß, einen Rabbi zu wählen, der daselbst eine talmudische Hochschule einrichtete. Die Stadt bevölkerte sich in Folge dessen mit mehr als fünfzehn Bachurim ¹) und erhielt dadurch einen neuen erhabenen Glanz. Aus dem wieder auferbauten Beshamidrasch, das gegenüber der berühmten Mikwe stand, erhob sich demnach in der Zeit, in welcher unsere Geschichte spielt, ein Duft der Gelehrsamkeit über die ganze Stadt, so daß die Erhaltung der Bachurim, die eben der armen Gemeinde nicht leicht ward, doch ein freudiges Opfer war, das die frommen Einwohner gern zum Heil der Welt darbrachten.

Es war an einem sonnenhellen Nachmittag in der Mitte des tief ernsten Monat Elul ²), als zwei Bachurim allein im Beshamidrasch saßen, denn diese Stunde war eben nicht die des allgemeinen Studirens. Im Monat Elul, in der

---

1) Talmudschüler. 2) Entsprechend dem Monat September und Vorläufer des Monats Tischri mit dessen hohen Festen (Neujahr und Versöhnungstag).

heiligen Zeit, in der die Posaune schon mahnt an die Sünden der Menschen, war das Beshamidrasch in den einsamen Stunden der Nacht belebter als an den Nachmittagen. Heute besonders, an einem Donnerstag, gebot die Sitte der Schule, die Nacht hindurch gar fleißig zu lernen, so daß selbst der Rabbi erst spät gegen das Vesper-Gebet in dieser Werkstatt seiner geistigen Produktionen zu erscheinen pflegte.

Die beiden heutigen Insassen dieser Ställe hatten zwar vor sich große Folianten aufgeschlagen, auch wiegten sie sich im andächtigsten Summen der Melodie, in der der Talmud gelesen wird, unter leichtem Schaukeln hin und her; allein die Bewegung ihres Oberleibes und das Summen ihres Gesanges würde auch den weniger Eingeweihten schon verrathen haben, daß sie nicht über die schwierigen Probleme des Talmuds sannen, die bekanntlich nur unter den heftigsten Gestikulationen und Modulationen an's Tageslicht gefördert werden. Wer schärfer hinblicken konnte, würde sogar wahrgenommen haben, daß die Folianten nur zum Schein aufgeschlagen seien; denn der Eine der Bachurim, ein kleiner Mensch mit dem blühenden Antlitz der Jugend, über dessen aufsprossenden Bart noch nicht die „Zwick= scheere" gefahren, hatte ein Paar geschriebene Blätter in jüdischen Schriftlettern vor sich, auf die sein Blick mit besonderer Gluth geheftet war; und wenn er das Auge von dieser Schrift auf= schlug, flog der Blick offenbar hinaus zum Fenster und drüben hinüber nach den sehr kleinen Scheiben der wunderbaren Mitwe.

Der zweite Bachur, älter als sein Genosse und von bleicherer und sorgenvollerer Gesichts= farbe, schien noch minder andächtig dem Folian= ten zuzusprechen. Er hatte zwischen den Händen halb verborgen ein Buch von einer Kleinheit, wie es in Händen von Bachurim sonst selten ist; ein Buch, in das er sich sehr vertieft zu haben schien, und das offenbar sein höchstes Entzücken erregte, das er aber ganz unzweifelhaft um jeden Preis den Blicken eines Lauschers entziehen mochte; denn es war ein verbotenes Buch, es war — daß wir's nur sagen — es war gar ein Buch mit deutschen Lettern.

Daß sie trotzdem den äußern Anschein des Studirens in Bewegung des Leibes und in ihrer wehmüthigen Singweise zu wahren trachteten, geschah ohne Zweifel nur um einen unberufenen Lauscher zu täuschen und die Gedanken und Ge= fühle zu verdecken, die ihre Seele erfüllten. —

„Zempelburger," begann der Jüngere nach einer Pause, in welcher er sorgfältig die geschrie= benen Blättchen zusammenrollte und in seinen Aermel verbarg, „siehst Du sie?"

Der Zempelburger blickte mit seinen großen Augen von dem Buche auf und ließ dieselben hin= über auf die Scheibchen der Mikwe schweifen: „Ich hab' sie noch nicht gesehen; aber ihre Hand hat eben die Scheiben abgewischt. Sie wird kommen!"

„Golde wird kommen!" sagte der Jüngere, den wir nach Sitte der Bachurim ebenfalls nach seiner Vaterstadt, den Koesminer nennen wol= len: „Golde wird kommen," wiederholte er mit einem tiefen Seufzer: „den Vögele hab' ich noch keine Spur erblickt."

Nach diesem kurzen Gespräch trat eine Pause ein, in welcher Beide wieder in das Wiegen des Körpers und in den singenden Ton des Lernens verfielen; denn von draußen her in der schmalen Gasse, die sich zwischen Beshamidrasch und Mikwe hinzog, vernahm man den merkwürdigen Doppelschritt von Leeser Schlapp, einem Manne, der jahraus jahrein wegen seines schlimmen Fußes stets in einem Stiefel und einem Pantoffel einherschritt, und der wegen seines bösen Mundes die gefürchtetste Erscheinung in der ganzen Gemeinde war.

Leeser Schlapp nahte wirklich und streckte sein Gesicht an die niedrigen Fenster des Beshamidrasch. Als beide Bachurim hierauf einen Augenblick inne hielten und den gefürchteten Gast durch die Scheiben ansahen, verzerrte sich sein Gesicht zu einem bösen Lachen. „Da sieht man," rief er laut hinein: „die heutige Welt! Die Bachurim sitzen im Beshamidrasch, aber sie

lassen nicht einmal den Gesang vom Lernen
hören!"

Unwillkürlich wollten Beide, in ihrem Ge-
wissen getroffen, diese Melodie hören lassen;
allein an den kleinen Scheiben drüben in der
Mitte ließen sich im selben Augenblick, wahr-
scheinlich angelockt von Leesers Stimme, zwei
jugendliche Gesichter blicken, deren Erscheinen die
jungen Menschen wieder verstummen machte. Da
jedoch die Gesichter schnell wieder verschwanden
und Leeser immer noch auf die Melodie zu warten
schien, hoben sie nun mit munterer Stimme und
offenbar in aufgeregter Stimmung laut die Texte
aus ihren Folianten zu recitiren an und fuhren
darin so kräftig fort, daß sie die schmähenden
Worte Leesers nicht hörten, mit welchen er seinen
merkwürdigen Doppelschritt in die Gasse hinein
begleitete.

Wieder trat eine Pause ein, in welcher sie
Beide seufzend auf das wunderreiche Gebäude
gegenüber hinblickten. Die Flammen in den
Augen des jungen Kosminer waren dabei so ge-

wallig, daß man für das arme Häuschen hätte
Gefahr darin erblicken können, stünde es nicht
fest, daß gerade dieses mit Schindeln gedeckte
Gebäude feuersicherer sei als alle Bauwerke der
Welt.

Endlich nach langem Harren öffnete sich die
niedrige Thür der Mikwe, und nicht Golde, son=
dern die schlanke Vögele trat aus derselben her=
vor. Das Angesicht des Kosminers verrieth ein
Entzücken, das nur die Liebe zu erzeugen vermag;
jedoch gemischt mit einer Verlegenheit, die hin=
reichend zeigte, wie seine Liebe noch in jenem
Stadium sei, wo sie nur erst stummer Anbetung
und keines Wortes mächtig ist.

Offenbar machte Vögele Vorbereitungen, um
in's Beshamidrasch einzutreten. Sie hatte in
Papier eingewickelt etwa ein Dutzend Talglichter
in der Hand; diese legte sie auf den großen Stein
vor der Mikwe nieder, der nicht minder berühmt
war als die Mikwe selber. Der Kosminer sah
nun in stiller Anbetung, wie Vögele gar züchtig
das „Brusttüchel" von den Schultern abnahm,

um ihren bloßen Kopf damit einzuhüllen; denn
obwohl ihr nußbraunes Haar sich in einem fürst-
lichen Palaste nicht hätte zu schämen brauchen,
gebot doch der fromme Anstand, daß sie nicht mit
entblößtem Haupte in's Beshamidrasch trete, wo
die Bachurim und die lieben heiligen Bücher
waren.    Das Brusttüchel verdeckte nun die zier-
lichen Flechten ihres Kopfes; aber es enthüllte
eben dadurch halb die ärmlich gekleidete, über-
aus schlanke und liebliche Gestalt des jungen
Kindes.

Der Zempelburger ließ den Kopf tief in seinen
Folianten sinken.   Es war heute nicht Golde,
wie er mit der ganzen abergläubischen Zuversicht
der Liebe erwartet hatte; es war Vögele, die
herüber kam.   Mit einem tiefen Seufzer begann
er seinen Text laut zu recitiren, während der
Kosminer mit Herzpochen die Tritte der Herüber-
schreitenden zählte und bei ihrem wirklichen Ein-
tritt in das Beshamidrasch aufsprang, um ihr in
glühendster Verlegenheit entgegen zu stehen.

„Bachur," sagte Vögele mit weit geringerer

Verlegenheit zu dem vor ihr Stehenden: „da
sind die Hälfte der Lichter für das Beshamidrasch.
Sie sind heut ein bischen spät fertig geworden."

Der Kosminer streckte seine Hand aus, um
die Lichter zu empfangen; unwillkürlich berührten
sich die Finger des jungen Paares. Dem Kosminer wurde so wunderbar, hierbei zu Muthe,
daß er sofort vergaß, was er sagen wollte; nur mit
Stottern vermochte er die Worte hervorzubringen:

„Vögelchen, Ihre Hand" — —

„Ist treife¹)" — fiel ihm Vögele schalkhaft
schnell ins Wort, indem sie ihre in der That von
den Talglichtern glänzenden Finger dabei besah.

„O nein, bewahre!" rief der Kosminer in
bitterster Verlegenheit und im Tone halber Verzweiflung aus, denn ihm schwebte etwas ganz
Anderes vor, was er sagen wollte. Gewiß hätte
er auch noch das richtige Wort dafür gefunden,
wenn ihm Vögele nur Zeit gelassen hätte; allein
diese hatte offenbar noch etwas Anderes zu be-

---

1) Ungenießbar, im Sinne der jüdischen Speise-
gesetze.

stellen. Sie blickte mit einem ebenso klugen als schalkhaften Blick auf den Zempelburger, der seinen Kopf noch immer hinter den Folianten verbarg, und sagte mit etwas lauterer Stimme: „Die anderen Lichter wird Golde bald herüber bringen!"

Der Kosminer stand noch in seiner tiefsten Betroffenheit da, als Vögele schon wieder zur Thür hinaus getreten war und der Zempelburger auf ihre letzten Worte den Folianten von sich schob und mit einem frohen Antlitz an die Seite seines Collegen und Liebesgenossen trat.

„Kosminer!" rief er leise, „hast Du gehört? Golde wird noch kommen! Siehst Du, Bruder, das ist heute ein glückseliger Tag!"

„Ein glückseliger Tag?" entgegnete ihm der Kosminer mit einer heftigen Bitterkeit, die an Verzweiflung grenzte. „Ein glückseliger Tag? vielleicht für Dich; für mich ist er schrecklich!"

„Wie?" fragte der Zempelburger erstaunt, „bist Du nicht sinnig? Hast Du nicht da eben mit Deinem Vögelchen gesprochen?"

„Nein," unterbrach ihn der Halbverzweifelte:

„sag' nicht: mein Vögelchen, sag' nicht, ich hab'
mit ihr gesprochen, ich wollte ihr was sagen,
was ich mir schon tausend tausendmal vorge=
nommen; aber sie will es nicht hören, sie will
von mir nichts hören!"

Mit diesen Worten warf er sich auf die Bank
und ließ seinen Kopf auf den Arm sinken, um die
Flammen seines Antlitzes und die aufsteigenden
Thränen in seinem glühenden Auge zu verbergen.

Der besonnene Zempelburger setzte sich be=
gütigend neben ihn hin und legte ihm die Hand
auf die Schulter: „Thor," raunte er ihm in
besänftigendem Tone zu: „was willst Du denn?
Sieh nur, ich hab' Golde noch nicht gesehen und
bin doch ruhig und glücklich; Du aber hast doch
mit Vögelchen gesprochen." —

„Ich gesprochen?" fuhr der Kosminer auf:
„Ich hab' sprechen wollen, ich hab' ihr sagen
wollen —"

„Ich weiß, was Du hast sagen wollen."

„Nein, Du weißt nicht!"

„Ich weiß —"

„Nein!“ rief der Kosminer mit Heftigkeit. „Ich hab' ihr sagen wollen: Vögelchen Ihre Hand macht lichtig das Beshamidrasch! Aber sie läßt mich nicht reden und ich hab' ihr noch nichts, gar nichts gesagt! Du bist glücklich, Du kannst reden; Golde weiß, wie Du sie liebst. Ich bin der unglücklichste Mensch auf der Welt!“

„Versündige Dich nicht, Kosminer,“ begütigte der Freund; aber der Unglücklichste aller Menschen fiel ihm im Tone der leidenschaftlichsten Gereiztheit in's Wort:

„Versündigen! ich will mich versündigen! — Ihre Hand treife?“ Er schüttelte so bitter den Kopf verneinend dabei, daß jedes seiner krausen Löckchen ein verzweifeltes: Nein! zitterte. „Gott, Gerechter! — Zempelburger! sieh her!“ setzte der Unglücklichste der Menschen in plötzlicher Wendung hinzu, indem er aus seinem Aermel das zusammengerollte Manuscript hervorzog und vor den Augen seines Genossen emporhielt, „sieh her, ich bin so verzweifelt, wie Kotzebue!“

2

Wer jemals geliebt und mit jugendlicher Leidenschaft geliebt, und in ähnlicher Lage, wie unser armer junger Mensch, von dem Bewußtsein geplagt worden ist, der Geliebten, trotz der tausendfältigsten Vorbereitungen, dennoch nicht das richtige Wort der Liebesnoth geklagt und gesagt zu haben, der wird die Verzweiflung natürlich oder mindestens verzeihlich finden, die unsern armen Helden erfaßt hatte, als er die vielfach überlegte Galanterie in dem rechten Moment nicht über die Lippen bringen konnte, ja sogar durch sein Stocken und Stottern den bittern Irrthum in der geliebten Vögele erzeugte, daß er auf ihre durch ein wenig Talg „treife" gemachte Hand anspielte.

Wer aber noch außer in der Liebe in der deutschen Literatur bewandert genug ist, um zu wissen, daß der selige Kotzebue ein ganz verzweifeltes Phantasie-Gedicht geschrieben, das unter dem Namen „Kotzebue's Verzweiflung" in den zwanziger Jahren sprüchwörtlich war, der wird unsern Helden noch besser verstehen, wenn wir

hinzufügen, daß sich gerade dieses verzweifelte
Gedicht in damaliger Zeit auf einem nicht mehr
zu ergründenden Wege bis in die Kreise aller
jüdischen jungen Menschen verirrt hatte, und daß
die sehr zerlesene Papierrolle, welche der Kosminer eben in der Hand hielt, eine Abschrift dieser großen „Verzweiflung" in jüdisch=deutschen
Lettern war, die der Arme unzählige Male durch-
gelesen, so oft ihm der Gedanke nahe kam, daß
Vögele am Ende gar nichts davon wisse, wie
sehr er sie liebe.

Der arme Kosminer fühlte in der That, daß
seine Verzweiflung so unendlich sei, wie die
Kotzebue's, und eine größere Verzweiflung konnte
es wohl auch nicht in der Welt geben. —

Auf das Gemüth des gefühlvollen, aber doch
besonneneren Zempelburger machte dieser Ausbruch
einer verzweifelnden Liebe einen tiefen Eindruck.
Denn der Zempelburger war ebenfalls noch
nicht in der Liebe zu Golde so weit gekommen,
ihr sein ganzes Herz auszuschütten, und obwohl
er in der deutschen Literatur durch günstigere

Umstände bis in Schiller's „Kabale und Liebe"
hineingerathen und dies das kleine Buch war,
welches er — Gott verzeihe ihm — eben bei
dem offnen Talmud-Folianten gelesen, so war
er doch gleich vielen seiner Zeitgenossen fest überzeugt, daß im Punkte der verzweifelten Poesie
Kotzebue die höchste Stufe der Vollendung erreicht habe, und daß somit der Zustand seines
Freundes ein höchst bemitleidenswerther sein
müsse.

Eine kleine Weile verging, bevor er einen
Trostgrund ausfindig machen konnte. Sie
hatte den Vortheil, daß die Leidenschaft des
Kosminer inzwischen den Gipfelpunkt überschritt
und ihn empfänglicher für die sanfte Zurede seines Freundes machte.

„Kosminer," sagte dieser, „sei ruhig. Ja,
geh Du lieber jetzt weg. Golde wird bald
kommen, und wenn ich mit ihr allein bin, kann
ich mit ihr reden. Ich will ihr dann sagen, was
Du hast Vögelchen sagen wollen, und die gute
Golde hat ihre Schwester so lieb, daß sie es ihr

gewiß wieder erzählen wird. — Geh," setzte er
nach einer Pause hinzu, „sei nicht so verzweifelt.
Ein Jüd darf gar nicht so verzweifeln, wie der
Goi.[1]"

Der arme verliebte Kosminer mochte das
Richtige dieses Vorwurfs ebenso fühlen, wie er
mit Dank den Liebesdienst empfand, den ihm
der Freund zu erweisen trachtete. Er steckte daher, nachdem er sich aufgerichtet und noch einen
Blick auf die wunderreiche Mikwe geworfen,
Kotzebue's Verzweiflung mit etwas weniger be-
wegtem Gemüthe in die Tasche, drückte dem
Freunde die dargereichte Hand mit einer Innigkeit, als ob es die geliebte Hand wäre, welche
das Beshamidrasch lichtig macht, und entfernte
sich aus den geweihten Räumen, die heute etwas
seltsame Scenen in sich fassen sollten.

Der getreue Zempelburger hatte kaum wie-
der seinen Folianten vorgenommen, der ihm als
Schutzmauer für seinen verbotenen Genuß von
Kabale und Liebe dienen sollte, als drüben die

---

[1] Nicht-Israelit.

Thür des Wunderhauses sich wieder öffnete, und
— o Seligkeit! — die kleinere, aber schönere
Golde daraus hervor trat. Auch sie hatte ein
Päckchen Talglichter in der Hand. Auch sie
knüpfte sich das Tüchel, welches ihren vollen
Busen verhüllte, in frommer Andacht über den
Kopf, dessen schwarze Haare die natürlichsten
Locken in der Welt bildeten. Auch sie kam leicht
herüber geschritten, und eher noch als der gute
Zempelburger es vermuthete, stand sie im Bes-
hamidrasch und reichte ihm die Lichter hin.

Die Leidenschaft des Zempelburgers war
nicht so überstürzend; aber als er der guten
Golde in das blühende Antlitz sah, vergaß auch
er das Wort, mit dem er sie hatte anreden
wollen. Golde's Augen leuchteten, ihr Herz
wogte; aber auch ihr Mund war stumm. So
kam es denn, daß sich Beide im vollen Bewußtsein ihrer Liebe eine Weile schweigend gegenüber
standen und nur die Blicke sprechen ließen, die
freilich in tausend Fällen dieser Art beredt genug sind.

Eben wollte der Zempelburger seine Anrede mit den Worten: „Liebste Golde" beginnen, als wiederum durch dieselbe Scheibe die Stimme Leeser Schlapp's wie ein Donnerschlag über sie hereinfuhr.

„Soll sich Gott erbarmen" rief er. „Heißt eine Welt! Fünfzehn Bachurim halt die K'hilla aus und man hört keinen Gesang vom Lernen, und sucht man sich im Beshamidrasch um, sind so viel Mädchen darinnen wie Bachurim!"

Die arme Golde stand bei diesen Worten wie versteinert; erst nach einer Weile konnte sie sich so weit fassen, daß sie zur Thür hinaus- schlüpfte. Aber draußen stand noch immer Leeser Schlapp und schimpfte auf die Bachurim und die heutige Welt. Wie die Arme die Thür der Mikwe wieder erreichte, wußte sie selber nicht recht. — Drinnen aber ballte der Zempelburger die Faust und rief eingedenk der Verzweiflung seines Leidensgenossen aus: „Unsere Weisen haben Recht: „„Verurtheile Deinen Nächsten nicht, als bis Du in seiner Lage bist.""" Gott be-

wahre mir beschütze mich! ich möchte auch verzweifeln wie Kotzebue.“

Wir verlassen die Stätte so grausiger Verzweiflung und wollen uns in das Gebiet der
wunderreichen Mikwe etwas näher hineinwagen.

Der einzige Bewohner dieses Wunderge-
bäudes war derjenige Mann, der gegen eine ge-
ringe Pacht seit fünf Jahren die Nutznießung der
Mikwe hatte, die eigentlich das Eigenthum der
Gemeinde war. Er führte den Namen Reb
Chaim Mikwenitzer oder schlechtweg: der Mikwenitzer. Er war der Vater der beiden genann-
ten Mädchen, deren nähere Bekanntschaft wir
noch machen werden, und die auch nach dem Stand
des Vaters benannt wurden. Golde Mikwenitzer und Vögele Mikwenitzer waren die ge-
bräuchlichen Bezeichnungen, unter welchen diese
Kinder, fast möchten wir sagen, berühmt waren.

Denn daß wir es nur gestehen: der Mikwenitzer war nicht etwa blos wegen seines
Wohnsitzes und Gewerbes ausgezeichnet, sondern

in seiner und in der Person seiner Kinder vereinigte sich eigentlich Alles, was zur historischen Berühmtheit des Städtchens gehört. Der Mitwenitzer war ein direkter Enkel des großen Maggib, seine seelige Frau war eine ebenso in gerader Linie abstammende Urenkelin des großen Chasan, deren wir Eingangs unserer Erzählung schon ruhmvoll gedachten. Ueber den Häuptern der beiden Mädchen vereinigten sich demnach die Dioskuren, Kunst und Wissenschaft, als Stammväter, und ginge es in dieser Welt nach der Gerechtigkeit, so würde dieser Ruhm der K'hilla nicht in so trüben und engen Verhältnissen leben dürfen, als es zur Zeit geschah.

Reb Chaim war aber auch das Opfer einer grausamen politischen Maaßregel, und das muß ihm in unsern Augen eine besondere Glorie verleihen. Sein Unglück datirt aus den Zeiten der drückenden Verordnung, die der Staatsminister von Altenstein, ohne zu ahnen, welch ein Geschick er unserm Reb Chaim bereitete, über ihn verhängt hatte.

Ungefähr fünf Jahre vor dem Brande hieß Reb Chaim noch nicht der Mikwenitzer, sondern man nannte ihn nach dem großen Ahn: Reb Chaim des Maggids, wie man sein Weib „Täubchen" mit dem Zusatz die „Chasentes" bezeichnete. Reb Chaim war der Lehrer der Gemeinde und lebte in Ehren und Würden, ohne jemals im Leben dem Staatsminister von Altenstein irgend etwas Uebles zu wünschen. Da kam mit Einemmale das große Unheil in Gestalt einer Verordnung wie ein Donnerschlag von Berlin direkt nach J. — Der Minister von Altenstein ließ sich's nicht ausreden, er verlangte: Reb Chaim des Maggids soll ein Lehrer-Examen machen; wo nicht, so soll ihm seine Schule geschlossen werden.

Ein ganzes Jahr verging hierauf noch unsrem Reb Chaim in der festen Hoffnung, daß solch eine boshafte Verordnung, wenn es auch eine königliche Verordnung war, nimmermehr Bestand haben könne. Aber diese Hoffnung und noch viele andere waren trügerisch. Vergebens erwarb er sich die Protektion des Wachtmeisters, der Alles

in Allem war beim Bürgermeister. Der Wachtmeister war durchaus auf Seite Reb Chaims und
erklärte oft genug bei einem Schnäpschen, das
er sehr gnädig annahm, seine eifrigste Gegner-
schaft gegen den Minister von Altenstein. Es
wird versichert, daß sich dieser edle Wachtmeister
für die Sache Reb Chaims in die Länge und
in die Breite legte vor den Bürgermeister; ja
es ist eine in der ganzen K'hilla feststehende
Thatsache, daß sich auch der Bürgermeister zu
gleichem Zweck in die Länge und in die Breite
legte vor den Landrath. Es wird sogar hinzu-
gefügt, daß sich selbst der Landrath für die ge-
rechte Sache Reb Chaims in die Länge und in
die Breite gelegt vor die Regierung, ja die ganze
Bromberger Regierung soll sich, der Sage nach,
in die Länge und in die Breite gelegt haben vor
das Ministerium. — Und doch! Altenstein blieb
Altenstein und das Verhängniß blieb Verhängniß,
und eines traurigen Tages wurde die Schule
trotz der offenbarsten Empörung der ganzen
K'hilla geschlossen.

Reb Chaim that da zum ersten Male seinen
Mund auf zu einer Schmähung seines größten
Feindes. Er ist — sagte er mit Anspielung auf
dessen Namen — er ist ein Stein des An=
stoßes für die alte Jüdischkeit." —

Das Opfer der schweren Verordnung war
sehr übel daran und Täubchen, der zarte Sproß
aus dem Hause des großen Chasans, überlebte
den Schmerz nicht lange. Sie starb in noch
jugendlichem Alter und hinterließ ihn und die
beiden Töchter der Vorsorge Gottes, auf die sie
ihn noch in der letzten Stunde ihres frommen
Daseins verwies.

„Chaim," — das waren ihre letzten Worte:
„gedenk an Dein Weib! Dir wird noch bei=
stehen das Verdienst der Vorväter, Du wirst
noch beglückt werden durch diese Kinder!"

Und in der That, gerade nach dem großen
Brande nahm es den Anschein, als sollte sich die
Prophezeiung der Sterbenden schnell verwirk=
lichen. Von der ältesten Tochter Golde, da=
mals zehn Jahre alt, sagte die ganze Welt in

F., daß sie die Anmuth und die schöne Stimme
von dem Aeltervater, dem Chasan, geerbt;
Vögele, damals acht Jahre alt, sang auch recht
lieblich und secundirte der ältesten Schwester,
die alle heiligen Synagogen-Gesänge mit meister-
hafter Virtuosität ausführte, wie der schönste
Fistelsinger der Synagoge; der vornehmliche
Werth Vögele's aber bestand in ihrem hellen
Verstand, ihrer muntern Laune, ihrer Lern-
begierde und ihrem Talent der Rede, das ihr
den Ruf zuzog: sie sei der wahre Maggid.

„Wären es nur Jungens!" pflegte Reb
Chaim im Stillen zu seufzen! Aber seine
Freude hatte er doch daran, wenn Reb Noach
Brall oder sonst ein reicher Mann aus der
Gemeinde die Kinder holen ließ, um sie aus dem
Machsor[1] vorbeten zu lassen; denn ihr Virtuo-
senthum wurde ihnen gut belohnt. Sie brachten
oft Geldstücke heim, die die Familie vor Noth
schützten.

---

1) Festgebetbuch.

Besonders wohlthätig erwies sich ihnen
Täubchen, Reb Noach Brall's Weib. Diese
Namensschwester der verstorbenen Mutter der
Kinder hegte eine große Zärtlichkeit für die Wai=
sen. Die schöne kinderlose Frau war die Gut=
müthigkeit selber und ihr, der reichen Frau, ver=
dankte zumeist die unglückliche Nachkommenschaft
aller Größe der Vorväter, das Stückchen trau=
rige Existenz.

Der große Brand schien nun gar eine glück=
liche Epoche in dieser Familie herbeizuführen.
Die Obdachlosigkeit der ganzen Gemeinde erregte
die Theilnahme aller nahen jüdischen Gemein=
den der Gegend. Man nahm die „Abgebrann=
ten" gerne bei sich auf und leistete ihnen mit
wahrhaft jüdischem Herzen treue Liebesdienste.
Auch Reb Chaim zog in der Gegend umher.
Eine in hebräischen Versen abgefaßte Bescheini=
gung seiner edlen Abstammung, wie daß er abge=
brannt sei, — worin beiläufig der ganze Brand
des Städtchens mit allen möglichen und un=
möglichen Schrecknissen höchst poetisch geschil=

tert war, — verschaffte ihm Zuspruch in reichen Häusern; das Märthyrerthum, das der Minister Altenstein ihm bereitete, gewann ihm die Liebe aller Frommen, die diesen Minister mit seinen Erziehungs = Plänen für einen „Stein des Anstoßes“ hielten. Der liebliche Gesang seiner Kinder entzückte in den K'hilla's die heitersten Abendgesellschaften und verschaffte ihm Einnahmen, zu welchen er sich bei seiner Schule nicht hatte erheben können.

In der That war es ein seltener Genuß, die kleine runde Golde aus dem Machsor singen und die schlanke Vögele ihr „zuhalten“ zu hören. Wenn Golde mit der innigsten Schwärmerei die runden Händchen an die vollen Backen wie der beste Chasan drückte und elegische Gebetstücke mit voller Stimme absang, oder wenn die muntere Vögele eine lustige Synagogen = Melodie abfistelte, war es ein Ergötzen für Alt und Jung, und es regnete Kupfer = und Silberstücke als Honorar, so daß Reb Chaim oft dachte: es sei doch zum Guten, daß die Mädchen keine Jungen sind.

Nur, wenn das luftige Vögele ihr besonderes
Kunststück bewies und aus dem Zenno urene [1]
oder dem Simchas Nefesch [1] oder Tam weje-
scher [1] mit einer Virtuosität und einem Aus-
druck Vorträge hielt, die alle Weiber zum
Schluchzen und alle Männer zur Verwunderung
hinriß und die gemeinsame Kritik sich darin vereinigte: „Ja, sie ist ein wahrer Maggid!" nur
dann erwachte der Ahnenstolz in Reb Chaim, und
er sagte mit gerührtem Schmerz: „Ich will mich
nit versündigen gegen Gott, aber mein Vögelchen
hätte doch müssen ein Jung sein!"

Volle fünf Jahre waren so nach dem Brande
vergangen. Reb Chaim hatte auf seinen Kunstreisen gute Zeiten und kam nur zu den Sterbe-
tagen seiner Eltern und seiner frommen Frau
nach J. heim. Da griff denn wiederum das
Schicksal etwas gewaltsam in sein Leben ein und
machte dem öffentlichen Virtuosenthum der Kinder mit einemmale ein Ende.

[1] Moralisch-religiöse Werke in jüdisch-deutscher
Sprache, besonders als Lektüre für Frauen berühmt.

Diesmal hieß das Schicksal nicht Altenstein;
es war der neue Rabbiner in F., der nach dem
Brande und dem Wiederaufbau des Städtchens
daselbst aufgenommen ward.

Dieser, der fromme und bewährte Reb
Jitzchak Reb Simcha's, ließ Reb Chaim zu sich
rufen und sagte ihm nach einem sehr lehrreichen
„Wörtchen" und einigen gut „geteutschten" Bi-
belversen, daß es keine Art und Weise sei, wenn
seine Mädchen, die jetzt bald heirathsfähig würden, so herumwandern durch die Welt um vor
Ledigen und Verheiratheten zu singen. „Ihr
wißt, schloß er seine Ermahnung, die Stimme
eines Weibes ist Verführung. Euere älteste Maid
ist schon in Jahren, wo sie nicht immer so mit
dem Machsor umgehen darf; und Euere zweite
Maid, höre ich, will ein ganzer Gelehrter sein.
Nun, Reb Chaim, Ihr seid doch ein guter Jüd, ver-
geßt Ihr denn, was unsere Weisen gesagt haben:
„Wer seiner Tochter Gelehrsamkeit
    beibringt, lehrt sie Unzucht."
Reb Chaim war hierüber nicht minder bestürzt

3

als über Altenstein's merkwürdigen Eigensinn:
allein darüber war er keinen Augenblick zweifel=
haft: der Rabbi war gerecht, wie Gott gerecht
ist. In Reb Chaims Seele waren schon die=
selben Zweifel aufgestiegen.

Noch vor Abend desselben Tages war der
Entschluß Reb Chaims bekannt, fortan nicht
mehr die Gemeinde zu verlassen. Dies steigerte
die Theilnahme für ihn bei Jung und Alt. Man
lobte den Beschluß und noch mehr die Motive.
Selbst Leeser Schlapp, der nichts ungehöhnt
lassen konnte, glaubte dem armen Reb Chaim
sein Mitleid ausdrücken zu müssen. „Nu, Reb
Chaim," sagte er, „mit Eurer Golde werdet Ihr
kein Gold mehr machen, und mit Eurer Vögele
werdet ihr nicht mehr ausfliegen. Ihr seid mir
ein Jammer."

Mit schwerem Gemüth ging Reb Chaim
heim. Die Gastfreundlichkeit von Reb Noach
Brall hatte den zweiten leer stehenden Stock
seines Hauses der Familie, die nur vorüber=
gehend nach F. zu kommen gedachte, eingeräumt.

Aber als der Vater hier den beiden Mädchen seinen Entschluß bekannt machte, entstand eine lebhafte Scene. Mit der frommen Golde, die in einem Alter von funfzehn Jahren das Gefühl für Schickliches und Unschickliches schon tief empfand, ward er sehr bald fertig. Mit der dreizehnjährigen Vögele gab es einen harten Strauß. Sie kämpfte wie ein wahrer Maggid mit allen Mitteln der Dialektik und ihrer reichen Gelehrsamkeit aus allen Werken der deutsch-jüdischen Literatur gegen die Argumente des Rabbi und ließ in ihrer Rede Streiflichter des Geistes über den Beruf der Frauen hören, die einer George Sand würdig waren. Sie sprach mit einer so glänzenden Beredsamkeit, daß der Vater nicht nur verstummt vor Verwunderung dastand, sondern sich in seinem Herzen sagte: man müßte eigentlich einen Fast t ag darüber ausrufen, daß kein Mensch diese klugen Reden hört. Aber er irrte, der gute Reb Chaim; Vögele's Rede hatte eine Zuhörerin, eine begeisterte Zuhörerin.

Die reiche Täubchen Reb Noachs war aus

3*

gutmüthiger Theilnahme hinaufgestiegen in den
selten besuchten zweiten Stock ihres Hauses und
hatte an der Thür den lebhaften Streit belauscht.
Man sagt, kinderlose Frauen hätten eine ganz
besondere Vorliebe für Ideen, die an Emancipa-
tion des Weibes streifen. Ob dies der Grund war,
daß die gute Täubchen ganz berauscht ward von
Vögele's Argumenten, wissen wir nicht; so viel
aber steht fest, daß sie, als Vögele mit dem vollsten Siegesbewußtsein ihre Rede endete, die Thür
weit aufriß und das Kind mit einer Herzlichkeit
in die Arme schloß, daß allen mit einander die
heißen Thränen in die Augen traten.

„Komm her, Du Herz-Vögele,“ rief die begeisterte Täubchen, „komm Du Weiber-Maggid!
Gott, gelobt sei er, hat Dich gesegnet von Kopf
bis Fuß. Du hast da geredt, daß Du könntest
im heiligen Lande predigen. Aber der Rabbi ist
doch gerecht. Du darfst nit mehr so in der
Welt herumwandern. Du mußt lernen ein
Haus führen, Stricken, Nähen, Kochen und
Backen, damit Du einmal eine Hausfrau wirst die

Gnade findet in den Augen Gottes und den Augen der Menschen. Darum geb Dich zufrieden,
und nun kommet Alle hinunter, wir wollen mit meinem Reb Noach die Sachen weiter überlegen."

Es geschah also. Bis tief in die Nacht hinein hatte die Berathung gewährt. Ihr Resultat
war, daß Reb Chaim einen neuen Lebensplan
ergriff. — Seine und seiner Kinder öffentliche
Laufbahn war hiernach beendet; seine Wirksamkeit sollte sich auf ein stilleres Gebiet zurück-
ziehen, als sonst, wo er sich in den höheren
Kreisen der jüdischen Gesellschaft in Schubin,
Kosmin, Margonin, und vornehmlich im unver-
geßlichen Wronke und ähnlichen Mittelpunkten
des K'hilla-Daseins bewegte. Er wurde auch
in der That, durch den siegreichen Einfluß des
Reb Noach, der Mikwenitzer. Diesem Einfluß
verdankten die Mädchen auch die ausschließliche
Berechtigung, die Talglichter für das Beshamidrasch und die Schul zu ziehen. Sie betrieben
zugleich fleißig Handarbeiten nach der Anleitung,
die ihnen die fromme Täubchen gab, und ver-

dienten sich damit manchen Groschen, welcher
der Familie zu gute kam. Ihre Dienstleistungen
in der Mikwe endlich wurden ihnen gerne von
allen vermögenden Frauen mit einem Geschenk
belohnt; denn die Anmuth dieser zwei Mädchen
ward einstimmig anerkannt, und hatte man auch
fortan nicht Gelegenheit, öffentlich den Glanz
des unsterblichen Chasan in Golde und den Ruhm
des unsterblichen Maggid in Vögele zu be-
wundern, so konnte man doch ihr Herkommen
nicht ganz außer Acht lassen. Es stand vielmehr bei aller Welt fest, daß die Mädchen nur
so blühend und lieblich seien, weil ihnen „das
Verdienst der Vorältern" beistehe.

So waren denn wieder fünf Jahre bis zur
Zeit, wo unsere Geschichte spielt, vergangen.
Wir wissen nun, daß der Besuch der Mädchen
im Beshamidrasch seinen guten Grund hatte,
und daß man diesen nur sehr entfernt die Schuld
beimessen kann, in unsern zwei Bachurim eine so
grenzenlose, wahrhaft Kotzebuesche Verzweiflung
erzeugt zu haben.

Aber auch daran, daß die Lichter heute etwas später als sonst fertig geworden, hatten sie nicht Schuld, sondern der Umstand, daß in der Mikwe heute ein Badegast oder richtiger eine Badegästin um einige Tage früher angekündigt wurde, als es nach Berechnung Reb Chaims zu vermuthen stand; und zwar eine Badegästin, die der beste und der liebste Kunde in diesem Hause war.

Daß Täubchen Reb Noach Bralls der beste Kunde der Mikwe war, das war — wie Reb Chaim schon vor längrer Zeit über den „Sch'leh hakodausch"[1] sinnend auf langem Umwege herausgebracht — der Wille Gottes. „Denn, sagte Reb Chaim, wenn es Gott der gepriesene beschlossen hätte, Reb Noach Brall solle Kinder haben, so wäre sein frommes Weib Täubchen, einmal schwanger gewesen, einmal eine Wöchnerin und einmal eine Säugende und dabei kann die Mikwe nicht bestehen! Denn wo soll —

1) Ein ausführliches Werk über Ritus und Moral, wegen seiner ascetischen, zum Theil kabbalistischen Richtung ehemals hochverehrt und „heilig" genannt. —

fragte Reb Chaim in den dicken Sch'loh hacke=
dausch hinein — wo soll da die Pacht herkom=
men?" — Da aber der Sch'loh hackedausch diese
Frage ganz entschieden unbeantwortet ließ, so
war es ausgemacht, daß es Gottes Wille sei,
daß die in einer sechszehnjährigen Ehe noch
immer kinderlose Täubchen Reb Noach Bralls,
allmonatlich der beste Kunde in der Mikwe sein
soll. — Ihre Besuche trugen in der That zu der
Pacht=Frage, die der Sch'loh hackedausch nicht
lösen konnte, volle zwölf harte Thaler im Jahre
bei. Und so viel brachten zehn andere mit Kin=
dern gesegnete Frauen nicht ein.

Daß sie aber der l i e b s t e Kunde war, das lag
nicht unmittelbar an Gott, obwohl er — gelobt
sei sein Name! — daran gewiß seine Freude
hatte, — sondern an der Herzlieblichkeit Täub=
chens, die mit mütterlichem Stolz und rührender
Zärtlichkeit an den Mädchen in der Mikwe hing.
Sie kam nie ohne Liebkosung und ging nie fort
ohne Geschenk für die Mädchen; sie verweilte
nie in dem Bereich dieses Hauses ohne mit der

frommen Golde gebetet, daß sie der gnädige
Gott beglücken solle mit einem Kinde, und ohne
mit Vögele über Gottes Güte und Weisheit im
Styl aller guten jüdisch = deutschen Werke dis=
putirt und das Herz erquickt zu haben. Der
Täubchen Reb Noach Bralls sang auch Golde
gern ihre schönsten Lieder, gab Vögele am lieb=
sten ihr köstlichstes „Wörtchen“ zum Besten;
denn es war unendlich erquicklich für die Kinder
der Armuth mit solcher Liebe von der reichsten
und schönsten Frau der Gemeinde behandelt
zu werden.

Es fand in der That ein inniges Verhältniß
zwischen dieser Frau und den beiden Mädchen
statt. Die Kinderlosigkeit der Ersteren und die
Mutterlosigkeit der Letzteren war wohl der Haupt=
grund; die ungemeine Herzensgüte Aller aber
das Siegel zu diesem Bunde.

Die Vorbereitungen zum Empfang der lieben
Badegästin waren also heute wirklich die Ur=
sache, daß die Lichter für das Beßhamidrasch
nicht so schnell fertig wurden als sonst; indessen

wollen wir es nur gestehen, daß die Schalkhaf=
tigkeit Vögele's in der Terminal=Ablieferung der=
selben eine Rolle spielte. Nach Golde's Ansicht sollte
durchaus der Vater die fertigen Lichter mit=
nehmen, wenn er zum Abendgebet ginge; sie hatte
durch ihre Scheibchen oft hinüber geblickt in's
Beshamidrasch und dort den Zempelburger und
den Kosminer allein gesehen, und gerade deshalb
schlugen ihr die Flammen der Liebe und der
Verlegenheit in's Gesicht, wenn sie hinüber sollte,
wo ihr Herz sich ganz im Stillen hinsehnte. —
Vögele dagegen bewies ihr schalkhaft mit allen
möglichen gelehrten Citaten, daß man den Vater
nicht bemühen darf und daß ein frommn Kind sich
nicht zu schämen braucht, die Beshamidrasch=
Lichter einem so feinen Bachur in die Hand zu
geben, damit in der Nacht seine Augen sollen
lichtig werden in der Gelehrsamkeit.

„Wenn es eine fromme Handlung ist," sagte
Golde ernst, „warum soll ich Dich derselben
nicht würdigen?"

„Mich?" rief Vögele lustig, und blickte

hinüber, um sich zu überzeugen, daß der Kos=
miner da war, — „mir brauchst Du die Ehre
nicht zuzuwenden! An meinen Lichten werde
ich mir den Botenlohn schon selbst verdienen!"
und wirklich raffte sie die Hälfte der eben fertig
gewordenen und abgekühlten Lichter zusammen,
um sie, wie wir wissen, hinüber zu tragen.

Als sie nach ihrer Rückkehr mit vollstem
Ernste versicherte, auch Golde's Besuch mit den
andern Lichtern angekündigt zu haben, als die
schüchterne fromme Golde sich durch einen heim=
lichen Blick durch's Fenster von der Wahrheit
überzeugte, daß der Zempelburger vor Ungeduld
aufgesprungen und ihr das Herzpochen sagte,
daß er sie nun bestimmt erwarten werde, da
überwand sie alle Bedenklichkeit ihres Wesens
und ging auch hinüber, obwohl sie wußte, daß
der Kosminer das Beshamidrasch verlassen und
sie demnach dem geliebten Zempelburger allein
gegenüber stehen werde.

Wie übel es ihr erging, das wissen wir.
Feeser Schlapp's rohe Stimme gellte ihr noch

in den Ohren, als sie längst schon wieder da=
heim war. Ihr verletztes Herz machte sich in
einem Strom von Thränen Luft und hatte sein
jungfräuliches Erzittern und Erschüttern selbst in
der Dämmerstunde noch nicht überwunden, als
die geliebte Badegästin, Täubchen Reb Noach
Bralls, sich einstellte.

Nach einigen herzlichen Liebkosungen, nachdem
Vögele die Gardinen zugesteckt und Golde das
Lämpchen angezündet hatte, saß Täubchen am
Tisch zwischen den Kindern; in ihrer Rechten
Golde's, in der Linken Vögele's Hand, und die
schöne reiche fünfunddreißigjährige Frau ließ den
vollen Schmerz ihres gepreßten Herzens über
ihre Kinderlosigkeit, den sie daheim vor ihrem
Reb Noach nie laut werden lassen konnte, in einem
Strom von Thränen freien Lauf, der auch härtere
Herzen zum tiefsten Mitgefühl hingerissen hätte.

Das große Frauen=Gebetbuch lag bereit auf
dem Tisch; — denn welch frommes Ehren=Weib
in Israel erfüllt heilige Gattin=Pflicht, ohne vor=
her vor Gott dem Allmächtigen ihr Herz auszu=

schütten? — Und Täubchen war ein frommes
Weib, sie war auch wohlbewandert in den Ge=
beten; allein ihr thränenfeuchtes Auge und das
trübe Lämpchen, und Golde's liebe Art Gebete
vorzutragen, hatten es zur Sitte gemacht, daß
Golde aus dem Gebetbuch ihr laut vorlas und
Vögele ihr beim Entkleiden Dienste leistete. —
Eben so war es zur Regel geworden, daß Golde's
Hand sie dann ankleidete und schmückte, während
Vögele's munterer Geist einen Strom von
heiterer Unterhaltung zum Besten gab, um die
Freude der erfüllten Pflicht zu erhöhen.

Wenn die Augen Täubchens sich in frommen
Wehmuthsthränen badeten vor dem Bade, so
schwammen sie nur um so munterer nach dem=
selben in lieblichen Trost= und Freudenthränen
bei Vögele's „Wörtchen".

Bei solcher Gelegenheit hatte Vögele einmal
zu Täubchen gesagt:

„Herzliebe Madame Täubchen, Eure Augen
hat die heilige Schrift gesegnet. Es steht ge=

schrieben[1]): „„Deine Augen sind Täubchen, die sich baden in Milch,"" Eure Thränen sind süß, wie die Milch von der Brust der Mutter. Wenn Gott der Gelobte Euch begnadigen wird, werden die Thränen aufhören und die Milch wird fließen!"

„Vögele," jubelte Täubchen mit frischen Thränen in den Augen: „Deine süßen Worte in Gott's Ohren! Du Herzkind!"

Das liebliche Vögele ließ sich in ihrer einmal begonnenen Rede nicht stören, sondern fuhr fort:

„Und Eure Seele, herzliebe Madame Täub=chen, hat der Engel in zwei Wassern gebadet, ehe er sie auf diese Welt geschickt: in dem einen Wasser, das fließt, wenn man Leid sieht, und in dem andern Wasser, das fließt, wenn man Freud' sieht. Darum werden Euch die Augen naß bald von weinenden, und bald von lachen=den Thränen."

„Und wenn Du redest, Vögele," unterbrach sie Täubchen: „kommen beide Wasser übereinander."

1) Hohes Lied 5. 12.

Aber Vögele fuhr fort: „Und weil Ihr ge= weint habt zu viel Thränen aus dem Bach der Leiden, werdet Ihr noch viel Thränen nach= weinen aus dem Bach der Freuden!"

„Gott der Gnädige soll Euch segnen, Kinder!" hatte da Madame Täubchen ausgerufen: „Ich thu ein Gelübde: wenn er mich begnadigt, soll Euer Herz mit erfreut werden!"

Diese Scene, die vor längerer Zeit in die= sem Zimmerchen, wo sie heute saßen, stattfand, wird genügen, um das Verhältniß der reichen Frau zu den armen Mädchen deutlich zu machen.

Und auch heute prägte sich das Verhältniß nur noch inniger aus.

Gelde nahm das Buch und suchte das Gebet auf, welches die Weltgeschichte von Anbeginn am richtigsten Ende anhebt, und rührend erzählt von den vier Pärchen Adam und Eva, Abraham und Sara, Isaak und Rebekka, Jakob und Lea, die beisammen liegen in der Doppelhöhle bei Heb= ron und von der Mutter Rahel, die allein liegt auf dem Weg, um zu hören jedes schwere Ge=

müth. — Die arme Golde! Sie dachte an ihre
Mutter, die auch allein liegt und gewiß gehört
hat, wie schwer ihr Gemüth ist, seitdem Lecser
Schlapp sie geschmäht. Ihre Stimme und ihr
Herz zitterte deshalb heute ganz besonders unter
der Wucht dieser himmelstürmenden Worte.
Sie schluchzte vom „Herr der Welt" bis zum
„Amen, Amen" so rührend, daß Täubchen noch
mehr Thränen vergoß als sonst, und als Golde
das Gebetbuch küßte und zuklappte, nahm Täubchen sie an's Herz und sagte zu ihr: „Golde
leben, was ist Dir denn Dein Gemüth so schwer
heute? hast Du was auf Deinem Herzen, so
komm bald zu mir und schütte es aus!"

Golde schwieg; aber ihr Antlitz drückte genugsam aus, daß auch sie noch sehr bewegt sei
und rührte das Herz der Madame Täubchen nur
noch tiefer.

Unter solchen Umständen darf es nicht Wunder nehmen, daß das Bad etwas angreifend auf
die sehr weich gestimmte Frau wirkte. Sie
mußte beim Ankleiden lange Pausen machen, um

sich ein wenig zu erholen, und als die Mädchen sich
mit besorgten Gesichtern um sie bemühten, sagte
sie wehmüthig:

„Liebe Kinder, was soll ich Euch sagen?
Meine Hoffnung habe ich auf Gott den gelobten
gestellt, aber ich bin jetzund mehr betrübt als
sonst, denn der Kreisdoktor, mit dem ich geredt
habe, hat mir gesagt, daß mir „die Gemüthsbewegung" sehr schädlich ist, und — mein Gemüth
ist doch einmal bewegt, ich kann's nicht ändern!"

Da Vögele hierbei die Bemerkung machte,
daß die liebe Beschützerin gegen alle bisherige
Regel Neigung hatte, auch n a ch dem Bade in
Wehmuth zu versinken, nahm sie all ihre Mun-
terkeit zusammen und rief mit der heitersten
Stimme, die ihr so gut stand, aus:

„Herzige Madame Täubchen! Der Kreisdoktor hat das gesagt! — Haben wir denn nicht
einen Kreisdoktor im Himmel, dessen Kreis geht
über alle Welten und über alle Sterne und hat
der nicht angeschrieben: wirf auf Gott Deine Sorgen! — Der Kreisdoktor? — Ist nicht der

4

Priester Eli ein Kreisdoktor gewesen für ganz
Israel von Dan bis Berseba, warum hat er
nicht zu Hanna gesagt, die doch ihr schwer Ge=
müth gehabt hat: Die Gemüthsbewegung ist
Dir schädlich! Und unsere Eltermutter Sara,
wie sie hat gestanden hinter der Thür und ge=
lacht bis in ihr Herz herein, hat sich auch Ge=
müthsbewegung gemacht und hat doch geboren
den lichtigen Sohn und hat gerufen seinen Namen
Isaak, weil sie gesagt hat: Lachen hat mich
Gott der gelobte gemacht! Und ist das Lachen
nicht Gemüthsbewegung? — — Der Kreis=
doktor", fuhr sie nach einer kurzen Pause fort,
„ist ein Goi und weiß von seinem Gemüth
nichts, geschweige von unserem Gemüth. Uns
hat Gott, gelobt sei er, ein ganz ander Gemüth
gegeben wie dem Goi. — Na! der Kreisdok=
tor! — Was soll aus uns Jüdenweibern werden,
wenn wir nicht einmal weinen aus Gemüthsbe=
wegung und einmal lachen aus Gemüthsbe=
wegung!?" —

Die muntere Art, in welcher Vögele dieses

ausrief, verfehlte ihre Wirkung um so weniger,
als in der That der Grundzug von Täubchens
Charakter der der gutmüthigsten Heiterkeit war.
Vögele wußte die glückliche Wendung zu benutzen
und das stille Stübchen war bald unter ihrem
Geschwätz eine Stätte fröhlichen Lachens, wie es
kurz zuvor eine der Wehmuth gewesen.

Täubchen stand endlich völlig angekleidet und
Golde knüpfte ihr eben die Kette hinten am
Nacken zusammen; da sie nun den Heimweg an-
zutreten gedachte, lüftete die gute Frau ein wenig
die Gardinen am Fenster und blickte in die
mondhelle Nacht hinaus. „Stehen da nicht ein
paar Bachurim vor dem Beshamidrasch?"
fragte sie. — Golde warf über die Schulter
Täubchens den Blick hinaus und fuhr so sehr
zusammen, daß sie die Kette zur Erde fallen ließ.

Die gutmüthige Täubchen sah sie mit schalk-
hafter Laune forschend an, und entdeckte eine
Flammen=Röthe in dem lieben Gesichte, die für
Frauen=Augen gar zu verrätherisch ist.

„Golde leben," rief sie aus, und hob ihr am

4*

Kinn den gesenkten Kopf in die Höhe. „Golde leben, was ist es denn für ein Bachur, der Dich so erschreckt? Ist er es, der Dir Dein Herz so schwer macht?" —

Golde's Augen senkten sich in einer Weise, die jede Bestätigung überflüssig machte.

„Gott, gerechter," rief Täubchen aus, „weißt Du, Golde, der Bachur muß doch ein Herz von Marmelstein haben, wenn er Dir so weh thun kann!"

Das war zu viel! Golde schlug die Augen so licht und voll Liebe und Glückseligkeit auf, daß der eine Blick die schwerste Anklage von der Welt hätte vernichten müssen.

„Und willst Du mir nicht sagen, wer es ist?" fragte Täubchen lächelnd.

Golde bewegte die Lippen, aber konnte das Wort nicht herausbringen. Vögele, die inzwischen die Kette aufgenommen hatte, überhob sie der Mühe, denn sie rief lachend: „Wer es ist? Nun, das Kosminerchen ist es nicht!"

„Du geschliffen Mäulchen!" lachte Täub-

chen auf, „hab ich Dich gefragt, wer's nicht
ist?"

„Nun," lachte Vögele, „wenn es der Kos=
miner nicht ist, ist es erwiesen, daß es der an=
dere, der Zempelburger sein muß!"

„Ah!" rief Täubchen aus. „Der Zempel=
burger! Ah! soll ich leben! Das ist ein fei=
ner Bachur! Golde leben, da brauchst Du Dich
nicht zu schämen! wahrhaftig nicht! Siehst
Du," sagte sie zu ihr, die mit verschämter
Schüchternheit vor ihr stand, „siehst Du: die
Kette, die ich da in der Hand hab, häng ich Dir
mit Gotteshilfe um, wenn der Heilige, gelobt
sei er, mir das Glück giebt, dich unter den Trau=
Himmel zu führen!"

Golde preßte die Hände ihrer Wohlthäterin
mit stummem Danke; aber Vögele blickte mit so
leuchtenden Augen auf dieselbe, daß das ganze
Gemüth Täubchens in die fröhlichste Bewegung
gerieth.

„Soll mir Gott alles Gute geben, Vögele,
Du kuckst doch mit einem Paar lichtigen Augen

in die Welt hinein, daß ich einen Schwur darauf thun möchte, Du hast mir auch etwas verschwiegen!"

„Ich?" rief Vögele unter leichtem Erröthen, indem sie sich in all ihrer Schalkhaftigkeit abwandte, — „Ich verschweigen? — Golde kann nichts reden, und ich kann nichts verschweigen! — Ihr könnt mirs glauben: der Zempelburger ist es wahrhaftig nicht!"

Täubchen schlug die Hände in einander. „Was hör ich, Du Maggid? Das Kosminerchen, das Charischen [1]) hast Du Dir ausgesucht? Kuck mich nur noch einmal an!" Nur einen Augenblick kostete es Vögele eine Ueberwindung, die Röthe ihres Gesichtes sehen zu lassen; auf eine zweite Bitte sie anzukucken, wandte sie sich um und sagte mit einem heitern Ernst, der fast einen Anstrich von Wehmuth hatte: „Warum nicht? Charif und Maggid steht sich doch gut an!"

In weniger als einer Viertelstunde hatte Täubchen Alles, was die Mädchen von ihrer Liebe wußten, herausgelockt. Viel war es nicht.

1) Charif, ein scharfsinniger Talmudist.

Worte waren so gut wie noch gar nicht ge=
wechselt; denn wie der Kosminer gegen Vögele,
war Golde gegenüber dem Zempelburger so gut
wie stumm. Aber Blicke hatten desto mehr ge=
sprochen und vorerst war es genug.

Eine Weile stand Täubchen mit ernstem Ge=
sicht zwischen den Mädchen, die sie an beiden
Händen hielt, dann sagte sie: „Kinder! Gott
der gelobte wird in Euer Hilf sein. Das Ver=
dienst der Vorfahren wird Euch beistehen, und
Täubchen Reb Noach Bralls wird Euch nicht ver=
lassen. — So wahr soll Gott mich begnadigen:
mein Herz sagt mir, daß Euer Herz wird erfreut
werden!"

Und wieder kamen die zwei Wasser über=
einander! Die gemischten Wasser der Wehmuth
und der Freude. Bei Täubchen rollten sie als
Thränen an dem schönen Antlitz herab, bei
Golde blieben sie schwer an der Wimper hängen;
in Vögele's Auge waren sie nur wie ein holder
Hauch zu sehen.

Nach einer Weile sah Täubchen wieder

lachend ihrem Herz-Vögelchen in's Auge. „Warte, Du Schelmgesicht" sagte sie, „Dir werde ich das gut bezahlen." — Sie griff in ihre Tasche. Den einen harten Thaler, über den Reb Chaim in seiner Hinterkammer mit dem Sch'loh hacke-rausch schon den ganzen Abend merkwürdige Unterhandlungen führte, den legte sie auf das Gebetbuch; einen zweiten harten Thaler aber nahm sie in die Hand und zwang ihn Golde auf, die sich weigerte, ihn anzunehmen. „Da", sagte sie, „da hast Du einen Thaler, da machst Du morgen einen guten Sabbat, ich werd dem Schul-klopfer sagen, er soll dem Zempelburger ein Billet [1]) bei Dir geben! Und Du Maggid," sagte sie zu Vögele, „Dein Charischen werd' ich mir zu Sab-bat nehmen; und da werd' ich sehen, ob er bei mir nicht besser reden kann, als bei Dir!" —

Die gutherzige Frau ging, und die beiden Schwestern sanken sich in die Arme; auch Vögele

---

1) Billet, Anweisung als Tischgast zu den Sabbat-Mahlzeiten bei einem Gemeinde-Mitglied.

weinte eine Minute laug heftig, sogar heftiger
als Golde.  Als aber jetzt vom Beßhamidrasch
herüber die Melodie des Talmud-Studiums im
vollsten Chorus einer Donnerstag-Nacht im Monat
Elul erscholl, sprang Vögele mit ganzer Heiterkeit
an's Fenster, und da sie den Kosminer im vollsten Eifer mit Kopf und Leib und Händen disputiren sah, rief sie aus: „Siehst Du, Golde, in
jedem Löckchen von meinem Kosminerchen steckt
mehr Scharffinn als in allen andern Bachurim
mit dem Rabbi dazu!"

Golde lächelte.  Sie war selig! sah sie ja
den Zempelburger obenan sitzen neben dem Rabbj.

—————

Welchem wissenschaftlichen Reisenden es in
den Sinn kommen sollte, einmal die K'hilla J.
aufzusuchen, in der unsere Geschichte spielt, dem
wollen wir im Voraus einen Fingerzeig geben,
sich nicht von dem Zustand des Städtchens am
Sonntag oder Montag oder Dienstag oder Mitt-
woch oder Donnerstag zu einem Urtheil über
dasselbe verleiten zu lassen.  Wer nicht unsere

gute K'hilla an einem Freitag und Sabbat ge=
sehen, der lege die Hand auf den Mund und
schweige.

Von welcher Seite man sich auch der K'hilla
naht, — man komme über die Weichsel im
Süden oder über den Sandberg im Westen oder
über den Begräbnißort im Norden oder von
zwischen den Scheunen her im Osten, — man
wird an jedem gewöhnlichen Wochentag meinen,
ein Amazonen=Reich zu betreten, das nur von
Frauen regiert wird. Wäre Leeser Schlapp
nicht allenthalben auf der Straße zu sehen, oder
doch mindestens zu hören und ginge nicht dann
und wann einmal ein Bachur über die Gasse,
könnte man auf die Vermuthung kommen, daß
das Geschlecht der Männer vertilgt sei von der
Erde.

Aber am Freitag löst sich das Räthsel. Die
Männer sind seit Sonntag hinaus auf's Land.
Nicht etwa, um dem Gewühle der Stadt zu ent=
fliehen und der Ueppigkeit des Landlebens sich
hinzugeben, sondern um draußen auf Dörfern,

Gütern oder Bauergehöften ein Bischen Tuch
oder Kattun, oder Stricknadeln oder Hosen=
träger oder rothe Bänder und Schmucksachen,
die den Hans in den Augen der Christel und die
Christel in den Augen des Hans wohlgefällig
machen, zu verkaufen, und dafür ein Bischen
Wolle, oder Felle, oder Leder, oder Schweine=
borsten, oder Hörner, oder Wachs, oder Honig,
oder Talg, oder Federn, und was sonst Reb
Noach Brall im Großen und Ganzen verwerthen
kann, einzukaufen. Die Stadt bleibt die Woche
über unter der Obhut der Weiber und der Kinder
sehr wohl aufgehoben. Die paar Männer, die
nicht auf das Land gehen, können durchaus nicht
über ein allzubőses Weiberregiment in den Tagen
der Woche klagen. Aber am Freitag, da zieht,
ein Vorbild der Zeit des Messias, in der die
große Posaune wird gehört werden an allen vier
Ecken der Erde, die männliche Bevölkerung von
über der Weichsel und über den Sandberg, von
hinter dem Begräbnißort und von zwischen den
Scheunen wieder heim, und es ist ein Gewimmel

und ein Getümmel von allen Seiten her, daß,
so weit man den Blick auch über den Horizont
schweifen läßt, man nichts sieht als Himmel und
„Jüden."

Auch einige Christen wohnten hin und wieder
zerstreut unter ihnen; aber daß wir es nur zur
Beschämung aller christlichen Germanen sagen,
in unserm jüdisch-orientalischen Staat, oder richtiger Städtchen, hatten die paar Christen durchaus keine Ursache, über Glaubenshaß zu klagen.
Sie waren vollständig emanzipirt, noch
lange vorher emanzipirt, ehe die Nationen rings
herum beglückt wurden durch die Grundrechte der
Deutschen aus Frankfurt am Main.

Nur Ein Christ lebte unter seinen völlig
gleichgestellten Brüdern, der die Quelle religiöser
Zwietracht war.   Sein Name war zwar Kerkow;
aber der gute Wachtmeister versicherte bei jedem
Schnäpschen, das er am Sabbat in Judenhäusern trank, daß er schon hinter die Geschichte
kommen werde!   Der Name müsse falsch sein,
denn der Judenfeind müsse durchaus von Titus

oder Haman oder Pharao abstammen und hintergehe demnach die Obrigkeit durch strafwürdige Täuschungen.

Was denn eigentlich Kerkow wollte, war schwer zu ermitteln. Die Emanzipation der Christen war so vollständig in F., daß sogar einmal zwei der Rathsmänner christlichen Bekenntnisses waren. Man behauptete zwar später, als bereits die große Schandthat Kerkows, von der wir sprechen wollen, geschehen war, er habe einmal geäußert, er werde sich für seinen Sonntag ebenso einen „Sonntag=Jüd" zum Einheizen, Wassertragen u. dgl., wie die Juden einen „Schabbes=Goi" halten; aber wir nehmen Anstand, ihm solche Pläne ohne sichere Beweise zuzumuthen, denn dieser Gedanke grenzt an Wahnwitz: welcher „Jüd" in F. würde sich dazu haben mißbrauchen lassen! — Thatsache aber ist es, daß Kerkow ursprünglich ein Grobschmidt war, dann plötzlich mit dem Anspruch auftrat, als Schlosser zu gelten. In diesem Punkte gab ihm die K'hilla — wir wollen nicht sagen: mit

Recht — nach, und ließ sogar von ihm das große
Schloß an der Synagoge einmal repariren.
Aber sein Stolz kannte bald keine Grenzen:
er wollte nun auch der Uhrmacher für die
Kh'illa sein. Und hier griff er in die Religion ein!

Die Uhren, die Kerkow reparirte, gingen
untereinander in einem sehr verschiedenen Schritt;
jedoch in der Masse glich sich's aus. Was die
eine voraus lief, blieb die andere nach. Er hatte
aber auch die Frechheit, zu verlangen, daß der
Rabbi, Reb Jizchak Reb Simcha's, seine Uhr
bei ihm zur Reparatur geben solle; dies jedoch
war eben die Uhr der Religion; nach ihr klopfte
man in die Schul', stand man zu Frühgebeten
auf, begann gegen Abend den Sabbat und Fest=
tag zu feiern, und genoß den ersten Bissen am,
Fasttage, wenn der Himmel trübe über F. hing
und kein Sternlicht zu sehen war. Diese Uhr
konnte man seiner Hand nicht anvertrauen, ohne
die Religion zu gefährden, und darum faßte die
schwarze Seele Kerkows einen Plan der Rache
würdig seines Ahnherrn Haman, denn es war

ihm nicht genug, wenn er sich an dem Rabbi hätte rächen können; es sollte die ganze Gemeinde seine Bosheit fühlen.

Um die Ruchlosigkeit in ihrer ganzen Fülle zu verstehen, müssen wir eben die ganze Gemeinde oder richtiger das Gebiet derselben, in's Auge fassen, und hierzu bietet uns nichts bessere Gelegenheit, als der Eiruw.

Was der Eiruw sei, brauchen wir hoffentlich unsern frommen Lesern nicht zu sagen; da aber gegenwärtig die elektrischen Telegraphen-Leitungen, diese Stangen mit Drähten verbunden, durch das Land gehen und der Eiruw eigentlich deren getreues Vorbild ist, so steht zu befürchten, daß wohl mancher Unerfahrene einen Eiruw für eine telegraphische Leitung, oder was noch übler wäre, eine Telegraphen-Leitung für einen Eiruw ansehen könnte; und zur Meidung solchen Irrthums mögen die guten Leser eine kleine abschweifende Erklärung nicht übel deuten.

Wir bedienen uns bei derselben nicht unserer eigenen Worte, sondern führen lieber eine historische Scene vor, wie einst ein frommer Rabbi in Frankfurt am Main dem gestrengen Herrn Senator Jenichen das Wesen des Eirums deutlich machte.

Denn als in der frommen Gemeinde Frankfurt a. M. die Frage anstand, ob die hohe Obrigkeit, der gestrenge Senat, die jüdische Gemeinde zwingen solle, einen Eirum einzurichten, erklärte der fromme Rabbi, der ganz entschieden dieser Ansicht huldigte, mit Hand und Mund in folgender sehr instruktiver Weise das Wesen des Eirum.

Er streckte seine rechte Hand, und vornehmlich den Daumen, dem gestrengen Herrn Senator entgegen, beschrieb mit demselben erst einen kleinen Kreis in der Luft, der sich dann immer mehr erweiterte und eine Spirallinie wurde, und diese Spirallinie wurde immer größer und größer, und als sie ungefähr die Größe eines kleinen Luftballons erreicht hatte, war er auch mit der wörtlichen Erklärung des Eirum fertig, die also lautete:

„Gestrenger Herr Senator! Es steht ge-

schrieben, daß wir Juden sollen den Sabbat heiligen, und sollen nicht Lasten tragen aus unsern
Behausungen. Nun aber muß man doch einen
Betmantel, ein Gebetbuch und auch ein Schnupftuch, eine Tabaksdose und dergleichen, oder gar
ein Getränk oder eine Speise am Sabbat von
einem Haus zum andern tragen. Da haben nun
unsere Weisen, gesegneten Angedenkens, gelehrt,
daß, wenn mehrere Behausungen sich zu einem
Gebiete vereinigen, so soll das ganze Gebiet so
gut sein wie ein einzig Haus. — Wenn man
nun eine Mauer herumzieht um die ganze Stadt,
so werden alle vereinzelten Behausungen zu
Einem Gebiet; denn die Mauer ist so gut wie
Ein Haus. — Wenn nun aber keine Mauer ist
um die Stadt, so macht man an allen Eingängen
einen Thorweg; denn ein Thorweg ist so gut wie
eine Mauer, und eine Mauer ist so gut wie Ein
Haus. Wenn man aber keinen Thorweg machen
kann, so zieht man einen Draht oder auch eine
Schnur über alle Stellen, wo ein Thorweg hätte
sein sollen. Dann ist der Draht so gut, wie ein

5

Thorweg, und ein Thorweg ist so gut wie eine Mauer, und eine Mauer ist so gut wie Ein Haus. Und darum macht man einen Eirnw, d. h. eine Vereinigung aller Behausungen, aus zwei Stangen, die man aufrichtet und die man miteinander durch einen Draht wie ein Thorweg verbindet!"

Wir müssen uns damit begnügen, diese historische Scene zur Begründung unserer Ansicht vorzuführen, daß ein Eirnw eigentlich mit den electrischen Telegraphen-Leitungen nichts zu thun hat, wohl aber dürfen wir es als erwiesen ansehen, daß der Eirnw dessen Vorbild sei.

Betrachten wir nun den Eirnw, das Symbol der Gebietseinheit, in unserm frommen Städtchen F —, so schloß er dasselbe so gut wie ein Thorweg, der so gut ist wie eine Mauer, die so gut wie Ein Haus, von der Außenwelt ab. Er verband in Gestalt eines Drahtes an zwei Stangen die gegenüberliegenden Häuser an den Eingängen zur Stadt. Wo zwischen Zäunen irgend eine Lücke als Durchweg in die Außenwelt diente, oder mindestens dienen konnte, war

vorsorglich der Ciruw angebracht. Die Stadt
war daher im vollsten Sinne des Wortes um=
schlossen, und zu dieser Umschließung gehörte
auch der Zaun von Kerkow's Haus, ein Zaun,
der mit seinen Latten, Leisten und drei morschen
Brettern nicht im Entferntesten verrieth, welch
historische Bedeutung boshaften Angedenkens in
ihm verborgen liege.

An demselben Freitag, an welchem wir in
unserer Geschichte angelangt sind, hatte kein
Mensch in dem stürmischen Freitagsgewimmel
des Städtchens eine Ahnung der Gewaltthat,
die in Kerkow's Busen reif geworden. Es lief
Jung und Alt in der regelmäßigsten Freitags=
Anarchie durcheinander. Die schönen Güter,
Oeffentlichkeit und Mündlichkeit, die eigentlich
niemals in F. fehlten, wurden heute im vollsten
Maaße der Harmlosigkeit genossen. Begrüßun=
gen und Anfeindungen, Liebe und Streit, häus=
licher Friede und häuslicher Zwist, der die Liebe
erfrischt, Alles wurde auf offener Gasse begonnen
und abgesponnen. Alle Streitigkeiten der Frauen

5 *

unter einander vom Sonntag bis zum Freitag
waren nur Generalproben für die wirkliche Auf-
führung am heutigen Tage, wo auch die Männer-
rollen besetzt werden konnten. Und schön war es
zu sehen, wenn unter dem schallenden Zuruf der
Gattinnen ein Geist der Ritterlichkeit die Heim-
gekehrten umkleidete, und sie oft mit Hasenfellen
gegen einander den Streit ausfochten, den jene
angezündet.

Der liebe Freitag war auch der Markttag in
F—. Wenn in der Wüste vor alten Zeiten das
Manna am Freitag in doppelter Portion vom
Himmel regnete, strömte es in F. am Freitag
siebenfach herab; denn es war der Tag, der eine
ganze Woche in sich barg. Was gebacken werden
konnte, wurde heute gebacken, was gebraten
werden konnte, wurde heute gebraten, was gesotten werden konnte, wurde heute gesotten, was
gestritten werden konnte, wurde heute gestritten,
was gesprochen werden konnte, wurde heute gesprochen, was gerannt werden konnte, wurde
heute gerannt: Männer, Frauen, Jungen, Mäd-

chen, Bauern, Bäuerinnen, Juden und Gojim [1]),
Alles durcheinander und Alles in großer Eile,
denn — es ist Freitag.

Und von dem großen Zauber athemloser
Freitags-Geschäftigkeit waren auch alle Personen
erfaßt, die wir mit besonderem Interesse bisher
betrachtet haben. Reb Noach Brall schwitzte in
seinem Speicher, in welchen heute Alles einzog,
was von Wolle und Hanf, von Pelzwerk und
Wachs, von Schweineborsten und Honig aus
dem Lande herankam. Der gute Mann in den
besten Jahren seufzte oft schwer, daß er für die
ganze Woche noch frisch genug sei; aber für den
lieben Freitag sei er schon zu alt.

Täubchen hat sich die Aermel aufgeschürzt
und die Haubenbänder statt unter dem Kinn im
Nacken zusammengebunden, denn sie steht in der
Küche und knetet und rollt und schneidet Nudeln
und flicht die Weizenbrode, und bereitet den
Butterkuchen und den Baumölkuchen, und siedet

_____

1) Nicht-Israeliten.

den Fisch und schneidet das Zugemüse und schaffet die Kugel, und reget die Hände ohne Ende für den lieben heiligen Sabbat.

Die gute Golde eilt mit Hast über den Markt, um Einkäufe zu machen für den guten Sabbat und den guten Gast und hält nicht einen rothen Heller von dem harten Thaler zurück, den sie zu besagtem Zweck erhalten.

Vögele's Hände sind schon sehr zeitig so voll Lichter-Zieherei für die heilige liebe Synagoge, daß sie frühe noch im Staube ist, sich den Talg abzuwaschen, und sich mit Messer-Putzen zu beschäftigen für den lieben heiligen Sabbat. Ihr munteres Mundwerk ist heute wortkarg, denn wer hat Zeit zu reden oder gar zu hören am Freitag?

Selbst im Beshamidrasch herrscht das Freitagsgewühl der Bachurim, die mit ihren Speisemarken herein- und herausrennen und mit dem Schulklopfer zanken, der ihnen nicht Rede stehen will.

„Ich sag Euch", schreit der erzürnte Schulklopfer den armen Kosminer an: „es ist kein Irrthum, ich irre mich nicht! Täubchen Reb Noach Bralls hat mir ausdrücklich gesagt: Ihr, Kosminer, sollt Euern Sabbat bei ihr haben, und der Zempelburger soll bei Reb Chaim Mitwenitzer essen!" Mit dem entrüsteten Ausruf: „Wie heißt, ich werde mich irren!" stürzt er davon.

Der Kosminer ist zwar sehr aufgeregt, daß es nicht umgekehrt ist und seine Hand fährt unwillkürlich nach der Tasche, um Kotzebue's große Verzweiflung zu fassen; aber welcher Jür hat Zeit am Freitag zu verzweifeln?

Sogar Leeser Schlapp hat nicht Hände genug, um seinen Pantoffel Allen an den Kopf zu werfen, die ihm heute in den Weg rennen, und in dem Gesumme der großen Freitags-Geschäftigkeit geht auch sein Wort verloren, das die Woche über von Eckstadt zu Eckstadt durch alle Einw's klingt.

Füße, Rockschöße, Aermel männlichen Geschlechts, Haubenbänder, Unterröcke, Brusttücher

weiblicher Wesen, jagen, flattern und fliegen
wirr durcheinander. Kinder werden umgerannt,
Katzen retiriren sich auf die Dächer, und selbst
die Hähne können ihr weises Kikriki nicht der
Welt verkünden, wenn sie nicht auf einem Zaune
oder auf einer Ciruw-Stange eine sichere Zu-
flucht gefunden. — Denn mit Einem Worte: es
ist Freitag!

Nur zwei Charaktere birgt die Stadt, an
deren Ruhe die Wellen des Freitagswirbels vergeblich anstürmen.

Zwei Charaktere, himmelweit von einander
verschieden und nur in dem Einen Punkte sich
gleichend, daß der Freitag sie nicht hinreißt.

Der eine, der Bösewicht Kerkow, — den
wir nimmermehr Uhrmacher Kerkow nennen
werden — steht mit seinen schwarzen Plänen an
seinem schwarzen Zaun, der den Ciruw ergänzt.
Da wir seine ruchlose That noch zeitig genug
sehen werden, wollen wir nicht weiter in den
Abgrund seiner Gedanken niedertauchen.

Der andere, Reb Chaim Mikwenitzer oder
wie er sich lieber hört: „Reb Chaim des Mag=
gibs", sinnt gelassen in seiner Hinterkammer
über seinem dicken Folianten.

Die Wasser der Mikwe waren von gestern
Abend her noch warm genug; so daß das Institut
seiner Sorgfalt nicht weiter bedurfte.  Die Thür
zur Mikwe stand offen und ein und aus zog
Jeder männlichen Geschlechts, den sein Herz
trieb, unterzutauchen und aufzutauchen in den
Quellen absoluter Reinigungswasser. — Reb
Chaim's Seele war trübe gestimmt und tauchte
heute ganz besonders tief unter in dem Meere der
Betrachtung des vor ihm liegenden dicken großen
Folianten, in welchem umständlich und ausführ=
lich beschrieben ist, was die ganze Welt erfüllt
sammt den sichtbaren und unsichtbaren Geistern
in den sieben Himmeln oben und den vier Ele=
menten unten; und besonders Alles, was mit der
Seele geschieht, vom Augenblick an, wo sie der
Engel hervorführt von unter dem Ehren=Thron
des Heiligen, bis er wieder anklopft an das

Grab, um sie vor die Schranken der ewigen Gerichtsbarkeit zu rufen.

Als Golde ihm heute früh angekündigt, daß ein Bachur seinen Tisch zieren solle am kommenden Sabbat, hatte sich seiner Seele jene Betrübniß bemächtigt; denn wenn er dies auch für eine große Ehre ansah und dem Bachur mit vollstem Herzen Alles gönnte, was sein Tisch bot, war es doch gerade dieser Sabbat, an dem er nicht einen Menschen bei sich sehen mochte.

Wäre all' seine Widerstandskraft nicht schon längst an dem hartherzigen Starrsinn des Staatsministers von Altenstein gebrochen, so hätte er Golde's Einladung nicht acceptirt. So aber ergab er sich seinem Schicksal, und suchte für seinen Gram im dicken Sch'loh hackodausch einen Trost; denn dieses gute Buch hatte für Reb Chaim einen noch weit höheren Werth, als für die ganze Welt; er las nicht nur Alles, was darin stand, heraus, sondern auch Alles, was nicht darin stand, hinein, wie z. B. die Barbarei Altenstein's, die Herrlichkeiten der guten frommen

Statt Wronke, und die zwei schwersten Pflichten
des Mikwenitzers: die Pacht und die Straf-Vorlesung.

Was Altenstein anbelangt, so kennen wir bereits diesen trüben Flecken am Lebenshorizont
Reb Chaim's. Was die Pacht der Mikwe be-
trifft, so wollen wir versichern, daß sie gezahlt
wurde, wenn nicht durch Reb Chaim's Einkom-
men, so doch durch den Fleiß der Kinder. Be-
züglich der guten frommen Stadt im Großherzogthum Posen, Namens Wronke, so wollen wir
nur hier andeuten, daß dieses der Lichtpunkt in
den Kunstreisen Reb Chaim's und seiner Kinder
war; denn der Wronker Vorsänger schwärmte
damals ebenso für Golde wie die Wronker Rabbinenfrau für Vögele, und Beide, der Vorsänger
und die Rabbinenfrau, entzündeten ganz Wronke
in einen Wettkampf des Enthusiasmus, der beispiellos war und beispiellos blieb für ewige
Zeiten. Die Erinnerung an Wronke hätte
sicherlich die Erinnerung an Altenstein völlig
verlöscht, wenn nicht eben das kam, was uns jetzt

beschäftigen muß, nämlich die bereits erwähnte Straf-Vorlesung.

Wer bewandert ist in der heiligen Schrift, der weiß es, daß an zwei Stellen die schrecklichsten Strafandrohungen aufgeführt sind, die Israel treffen werden für die Sünde der Abtrünnigkeit. Wenn es nun beim Vorlesen der sonstigen Wochenabschnitte in der Synagoge eine große Ehre ist, zur Vorlesung aufgerufen zu werden, so giebt es doch an allen Ecken und Enden der Welt keinen Menschen, der zu diesen Strafandrohungen, die den Namen Taucheicho führen, aufgerufen sein mag. In allen Gemeinden Israels wird deshalb ein gefühlloser, waghalsiger Mensch mit achtzehn Groschen bezahlt, um sich diesen Abschnitt vorlesen zu lassen.

Ein grausamer, himmelschreiender alter Gebrauch in F. hatte diese Pflicht, sich die Straf-Androhungen vorlesen zu lassen, dem Pächter der Mikwe aufgebürdet, und da ein alter Gebrauch in Israel so gut wie geschriebenes Gesetz ist, das Himmel und Erde nicht wegwischen können, so war das Schicksal unabwendbar: Reb Chaim des Maggids mußte sich in sein Schicksal fügen. Der arme Mann weinte dabei immer bittere Thränen. Wie kam er, der Nachkomme eines so großen Mannes, wie der Maggid gewesen, dazu, daß man ihm vorlas, was nur den Bösesten der Bösewichte treffen konnte. Aber weil die Ursache all dieses Leids denn doch immer der Staats= minister von Altenstein und in der Vorstellung des Reb Chaim dieser der Inbegriff des Bösesten aller Bösewichter war, so blieb dem Armen nichts übrig als der Trost, daß all das Böse, das man ihm androhte, doch nur diesen Staatsminister treffen könne.

Es war ein Trost; aber — daß wir es nur sagen, — ein bitterer Trost für die gute Seele Reb Chaims, denn im Grunde seines Herzens hatte der Haß keinen Platz. Fast könnte man sagen, er hätte gern die ganze Welt geliebt, ja beinahe so wie das Ideal der Welt: Wroule.

Da eben zum morgenden Sabbat ihm diese Straf=Vorlesung aus dem Wochenabschnitte be=

vorstand, so wird man es begreiflich finden, daß
er nicht in der Stimmung war, einen Bachur
bei sich zu sehen, und wird es verstehen, wenn
wir sagen, daß er heute ganz besonders vertieft
blieb in seinem dicken Folianten, der ein Heil
war für Alles, was geschrieben steht, und —
„was nicht geschrieben steht.“

Wir haben die Wirbel des Freitagsstromes
in F. kennen gelernt; wir müssen es nun hervor-
heben, daß sie, wie Alles, was einen Anfang hat,
auch ein Ende hatten. Wenn die Sonne, ohne
sich um Kerkows Uhr zu kümmern, den Meridian
von F. durchschnitt, und von ihrem Höhepunkt
des Mittags nach den Sandbergen im Abend
hinabzusteigen begann, da legten sich die Wirbel-
wellen. Das Rauschen und Wogen nahm seinen
friedlichern Charakter an. Der Markt war zu
Ende. Alle umgerannten Kinder standen wieder
auf den Beinen, alles verscheuchte Geflügel sam-
melte sich an den Thüren wieder, um die wurm-
stichigen Erbsen und Bohnen aufzupicken, die
man von den guten aussonderte, welche zum

Scholent[1]) gebraucht wurden. Die Bewegung
hatte den aufregenden Charakter der Oeffentlichkeit verloren und wallte sanfter im Innern der
Häuser weiter. Selbst der Rauch, der auf-
wirbelte aus den Schornsteinen aller Häuser, in
welchen gekocht, gebacken, gebraten und gesotten
wurde, stieg heute in geraden lichten friedlichen
Säulen zur Höhe, und die dicken Schlacken, die
zuweilen niedersanken, deuteten genugsam an,
daß die Weisheit beim Wiederaufbau des Städtchens nach dem Brande vorgewaltet habe, in jedem Hause einen Scholent-Ofen einzurichten.
In diesem Punkt machte nur Ein Haus eine ver-
wegene Ausnahme, das zweistöckige Haus von
Reb Noach Brall. Täubchen setzte ihr Scholent-
Essen zu morgen Mittags in den Ofen des
Mikweniters, aber als die „schwarze Sjore“,
die Magd Täubchens, das Essen über die Straße
dahintrug, mußte sie wegen der Ausnahme des
zweistöckigen Hauses die Schmähungen von Leeser

---

1) Warm gehaltene Speise für den Mittag des
Sabbat.

Schlapp hören. „Die heutige Welt!“ schrie er, „das Haus baut man bis in den Himmel hinein und zu einem kleinen Scholentöfchen für die zwei einzelne Leut' hat man kein Platz!“

Wir führen diese Rede nur an, um auf die Folgen dieses Mangels, die wir bald kennen lernen werden, vorzubereiten, und um anzudeuten, daß die Ruhe der Straße wiedergekehrt und Peeser Schlapp wieder Herr des Schauplatzes seiner Wirksamkeit war.

Die schwarze Esore fand Golde mit dem glühenden Antlitz vor dem Scholentofen, im Begriff ihr Scholent zu versorgen: Vögele, die eben recht dick den Sand über den Flur hin streute, sprang ihr entgegen; es plagte sie die Neugierde, Reb Noach Bralls Scholent mit dem ihrigen heute zu vergleichen. Sie untersuchte die Töpfe mit Kennermiene und schrie lustig auf, als sie die Kugel[1]) sah.

„Golde leben! Mein Kosminerchen's Kugel

---

[1]) Kugel: eine Hauptspeise im sabbatlichen Scholent.

ist so rund und so voll wie sein Antlitz." Die
glückselige Golde lächelte still in sich hinein. Sie
hatte ihrem Zempelburger eine Kugel zurecht gemacht, die auch nicht ein Aepfelchen und nicht
eine Rosine weniger haben konnte, als die Kugel
des reichen Reb Noach Brall.

Mit der sinkenden Sonne senkten sich nun
die Engelschaaren des Friedens herab auf die
gute K'hilla, welche bereit waren, jeden Frommen
zu begleiten von der lieben heiligen Schul' bis
in die lichtige Sabbat-Stube.

Alle Tische waren gedeckt, alle Lichter auf-
gestellt, alle Weihe-Becher hervorgeholt, alle
Kinder gewaschen, alle Weiber geputzt, alle
Männer gezwickt, alle Baumöl-Kuchen aufgelegt,
alle Fische gesotten und alle Feuer ausgelöscht.
Selbst Reb Chaim in seinem Hinterkämmerchen
tauchte empor aus den Tiefen des dicken Folianten, in welchem das Grauen vor der Straf-
Vorlesung, der Zorn über Altenstein und die
Seligkeit über Wronke in einem dunkeln Gemisch
sich harmonisch verwickelten. Die ganze Ge-

6

meinde erwartete den Sabbat, daß er komme und
die Menschheit zwiefach beseelige. Alle Ohren
horchten auf, um den Schulklopfer zu verneh=
men, dessen drei Schläge an jede Thür ankündigte
den lieben Gast, den heiligen Tag, an dem Gott
geruht und sich gefreut hat über alle seine Werke.

Da, mitten in der Andachtsstille der unter=
gehenden Sonne und des emporsteigenden Sabbat
erdröhnte ein Schall durch die Stadt, der alle
Herzen erzittern machte. Es folgte ein zweiter,
und eine Ahnung der eben in Ausführung be=
griffenen Schandthat durchdonnerte die Geister.
Ein dritter: er war ein Signal zu einem gemein=
samen Schrei des Entsetzens. Ein vierter, ein
fünfter, und Alles, was Beine unter seinem Leibe
hatte, stürzte an die Stätte des Verbrechens hin.
Ein sechster und ein siebenter, — und es war
geschehen: der Eiruw war posul.[1]

Der Bösewicht Kerkow — denn von ihm
ward die Schandthat vollführt, und nach dessen

---

[1] Ungültig; vernichtet.

Haus stürzte die Fluthwelle der Menschheit —
der Bösewicht Kerkow stand da frech wie ein
Mörder mit aufgeschürzten Hembsärmeln, mit
einem Antlitz weiß vor Wuth und schwarz vor
Ruß, und in seiner Haud schwang er eine unge-
heuer große Kneifzange, wie sie nur ein Grobschmidt hat und haben kann. Mit dieser hatte
er das Werk der Vernichtung unbemerkt in stiller
Boshaftigleit vorbereitet, die Latten und Stakete
seines Zaunes gelockert und gelöst, mit dieser
großen Grobschmidt-Zange schlug er mit sieben
gewaltigen Schlägen — ihre Zahl stand fest und
war ein Hohn auf das Werk der sieben Tage —
die morschen Bretter nieder, den Eiruw ver-
nichtend. Mit dieser Zange hieb er jetzt noch
um sich, als wollte er die Welt zerschmettern, in
derselben Minute, wo „vollendet wurde Himmel
und Erde und alle ihre Heerschaaren!“

Wenn wir sagen: alle Kinder waren wieder
umgerannt, alles, was Flügel hatte, stürmte
wieder auf die Dächer, alles, was Hände hatte,
griff nach Waffen um sich, alles, was Odem

6*

hatte, schrie nach dem Wachtmeister und dem Rabbi, — so sollen unsere schwachen Worte nur andeuten, was unsere schwache Feder doch nicht schildern kann. Scenen solcher Aufregung wollen erlebt, können überlebt, aber nimmermehr geschildert werden.

Der Wachtmeister kam. Der gute Mann war selber herbeigestürzt. Zwar ohne seinen Säbel, — denn auch er, obwohl christliche Obrigkeit, hielt den Sabbat, ja er begann sogar mit seinen Sabbat-Schnäpschen in Judenhäusern schon am Freitag Mittag; — aber umgürtet mit Entrüstung gegen den Haman, der sich Kerkow nannte. Doch, der gute Wachtmeister, auf solche Schandthat war er nicht gefaßt; nach den vielen Schnäpschen hatte der Schreck ihn so benommen, daß er taumelte; und hätte nicht der lange Simson ihn gehalten, er wäre zu Boden gestürzt.

Aber auch der Rabbi, Reb Jitzchak Reb Simche's, kam! — Und hier sah man, daß in gewaltigen Erschütterungen der Zustände wohl

die weltliche Macht erschlafft niedersinkt, die
geistliche Macht jedoch ordnet das Gefüge der
zerrütteten Welt mit Einem Worte wieder.

Der Rabbi stand da — ein kleines Männ-
chen im langen schwarzseidenen Kaftan. — Er
erhob die Hand und rief: „Schahh!" Stille
gebietend. Und es ward still; selbst die wilde-
sten Hähne auf den Dächern wagten keinen Laut.
Und in dieser Stille sprach der Rabbi folgende
Sätze aus, deren Unumstößlichkeit sich erst im
weitern Verlauf unserer Geschichte bestätigen
wird.

„Der Eiruw ist possul! — Was der Juden-
feind hat gemacht mit seiner Zang, das ist vom
Himmel so verhängt. Ihr sollt nicht vergessen,
daß wir sind in der Verbannung! — — —
Die Weiber sollen anzünden die Lichter! — —
Die Männer sollen kommen in Schul herein! —
— Schahh!! Es ist Sabbat über die Welt!" — —

So sprach er. — Und es geschah, wie der
Rabbi gesprochen hatte. Es sonderten sich die
Weiber und die Männer, jene um anzuzünden

die Lichter, diese, in ihrer Mitte sogar der gute
Wachtmeister, um zu gehen in die Synagoge.
Kerkow, der Bösewicht, blieb allein bei den Zeug=
nissen seiner verruchten That. Mit seinem Zaun
hatte er eine große Idee zertrümmert, eine Einheit
zerstückelt, ein Gebiet der Ganzheit zerbröckelt in
einhundert siebenzehn Separat=Territorien ver=
einzelter Häuser der Stadt J . . . . .

In der wunderreichen Mikwe wirkte das
große Ereigniß des Tages für den Augenblick
sehr verschiedenartig auf die Personen.

Reb Chaim, als er hörte, was geschehen,
schlug noch einmal den Sch'loh hackodausch auf,
legte die Hand auf ein Blatt und sprach gelassen
und feierlich, wie Jemand, der die Schatten der
kommenden Dinge lange vorher gesehen: „Hier
steht es geschrieben! Das ist Alles das Werk
Altensteins!“

Die gute Golde war vom allgemeinen
Schreck so eingenommen, daß sie das beste Stück
Fische, welches sie eben für den Zempelburger
zurechtlegte, zur Erde fallen und ein Raub der

Kaze werden ließ, die sich dies Ereigniß zu Nuze machte.

Mit Vögele aber war es ganz sonderbar. Sie hatte kaum vernommen, was geschehen, und sie sprang lachend auf, griff nach einem frischen Paar Gabel und Messer und puzte dies mit einer Hast und Gelenkigkeit, daß es nur so blizte, noch ehe der Sabbat über die Welt kam.

„Vögele leben," fragte Golde ganz erschrocken, „was machst Du denn, Du hast doch schon vier Paar geputzt?"

„Kuck!" rief Vögele statt einer Antwort und spiegelte ihr schalkhaftes Gesicht im blanken Messer, „kuck, so glitzern die Augen von mein Kosminer Charischen!"

———

Und der Sabbat war über die Welt gekommen; nicht ein Freund der Reichen allein, sondern ein Freund auch des Aermsten der Armen. Die Hand des Friedensengels fuhr über das sorgenvolle Antliz der Männer, sie verschönend, über das früh alternde Antliz der Weiber, sie

verjüngend. Mit reichem Segen beladen gingen
die Heerschaaren des Allmächtigen, trotz des zer=
störten Eiruw, von Haus zu Haus, von Stübchen
zu Stübchen, von Kämmerchen zu Kämmerchen,
wo auch nur zwei arme Sabbatlämpchen, zwei
Lichtstümpchen, brannten. Wo mehr der Flämm=
chen den engen Raum erleuchteten, da glänzten
zumeist auch mehr der Kinder Köpfe; und auf dem
Haupte jedes Kindes sahen die Engel des Sabbats
die Hand des Vaters und die Hand der Mutter
eine kleine Weile ruhen, und legten zu deren
Segensspruch auch den ihrigen darauf nieder.

Aber alle Engel, die herumschweiften durch
das ganze Städtchen, sie fanden keinen lichteren
Raum mit lichteren Seelen, als die in dem engen
ärmlichen Stübchen der Wittwe. Auf Golde's
Antlitz lagerten sie in rosigen Schaaren und
Vögele's Wesen umschwebten sie von allen Seiten,
als wüßten sie gar nicht, wo an ihr das liebste
Plätzchen zu finden.

So gedrängt voll war das kleine Stübchen
von ihnen, daß der gute Reb Chaim glaubte in

Wronke zu sein, und der Zempelburger — denn
er saß am Tisch, Golde gegenüber — sich fühl-
bar von ihnen angehaucht empfand. Sein sonst
bleiches Angesicht röthete sich; sein sanfter Blick
strahlte lebhafter und sein Herz bewegte sich in
Rhythmen, die zwischen Wehmuth und Jubel
mitten inne schwebten.

Wie sich's gebührt, hatte man singend die
Engel mit dem Liede „Friede sei Euch" begrüßt,
den Segen über den Becher gesprochen, für die
Sabbatheiligung gedankt, die Hände gewaschen,
das Sabbat=Brod aufgeschnitten, die Speisen
herumgetheilt und auch schon davon genossen;
aber Alles in tief stiller Weise. Wären nicht
Bögele's Augen zuweilen gar so lebhaft, man
hätte glauben mögen, einen schönen Traum zu
sehen.

Nur über Reb Chaims Antlitz lagerte noch
der stille Gram der „Straf=Androhungen."

Er warf einen Blick auf seinen Gast und sah
dessen Auge am Angesicht Golde's hangen, die still
vor sich hinsann. In der guten Seele des Reb

Chaim dämmerte die Hoffnung auf, daß wohl
der Zempelburger auch an die Triumphe seiner
lieben Kinder in Wronke denken möge, er richtete
deshalb an ihn die leise Frage: „Bachur, seid
Ihr schon einmal in Wronke gewesen?" Als jedoch der Zempelburger diese Frage verneinte,
wendete sich Reb Chaim, wie Jemand, der aus
einer bittern Gegenwart sich gewaltsam flüchten
möchte, an seine älteste Tochter, die bei dem
Namen dieser idealen Stadt mit einem ängstlichen
Blick zu ihm aufschauete.

„Golde, mein Kind," sagte er bittend, „willst
Du heut nicht einmal das Lied singen, das der
Wronker Vorsänger von Dir gelernt hat?" —

In einer Seelenpein, für die sie kein Wort
finden konnte, wendete sie ihr Gesicht um Schonung bittend dem Vater zu; dieser aber fühlte
sich hierbei schmerzlich zurückgewiesen, und von
dem eigenen Kinde zurückgewiesen. Mit der Hand
durch die Luft fahrend, als ob er Altenstein und
die Strafandrohungen von sich abwenden möchte,
ließ er den Kopf sehr betrübt und sehr resignirt

finken. — Vögele sah dies Alles und sann nur
ein Weilchen darüber nach und sofort flammte
die Munterkeit blitzartig in dem Kinde auf und
entzündete in ihr mit einem Male einen vollen
Schlacht-Plan der siegreichsten Taktik.

„Bachur!" rief sie aus, so hell und frisch
und munter, daß Alle wie aus einem Traume
aufwachten: „Bachur, wollt Ihr mir nicht eine
Weiber-Frage beantworten?"

„Warum nicht?" sagte der Zempelburger
mit Lächeln, „wenn Euch nur eine Männer-Ant-
wort genügen kann."

„Nun sagt mir", rief Vögele: „Warum
singt man in der heiligen lieben Schul' gar nicht
beim Herausheben der Thora und warum singt
man so viel, vor dem Hineinheben derselben?"

Der Zempelburger wußte nicht, wo das hinaus sollte und sagte mit unsicherer Stimme:
„Das ist ein alter Brauch, der" —

„Geht doch," rief Vögele, ihn unterbrechend,
„Ihr wollt mir nur mit einer gelehrten Männer-
Antwort kommen, daß wir Weiber sehen, wie

mir Euch gar nicht begreifen. Ich will Euch erst einmal die Weiber-Antwort sagen, die ich in meinem „Z'eno ureno" gelesen hab'!"

„Nun?" lächelte der Zempelburger.

„Ehe man Gottes Wort hat gehört," sagte sie, „ist die Seele still, und will nur aufhorchen und kann gar nicht singen. Hat sie aber Gottes Wort aus der heiligen lieben Thora vernommen, da wandelt sie Gesang an voll Erlösung und voll Segen! — Was haltet Ihr von dieser Antwort?"

„Sie ist so wahr und richtig wie Gottes Wort," sagte der Zempelburger; „man möcht' nach ihr gar einen Lobgesang anstimmen!"

„O nein" rief Vögele: „so leichten Kaufs kommt Ihr bei mir nicht fort! Nicht wahr, lieb Vater!"

Reb Chaim war wieder voller Bewunderung und bejahte lächelnd die Frage des Kindes. In seinem Herzen sagte er: „Die Wronker Rabbinerin hatte doch Recht! Golde ist gar nicht mit

mein Vögele zu vergleichen. Sie hätte nur
müssen ein Jung' sein!"

Vögele aber fuhr munter fort: „Wie soll
wohl meine Golde ihr Lied singen, wenn Ihr,
Bachur, uns noch gar kein gelehrtes Wörtchen
gesagt habt aus der heiligen lieben Thora?
Nicht wahr, Golde leben?"

Golde's Blick drückte der Schwester tausend-
fachen Dank aus, und schweifte über den Zempelburger hin, so rührend und bittend, daß dieser
sich sofort rüstete, der Aufforderung gebührend
Genüge zu leisten.   Denn so ist es nach der Väter Ausspruch Sitte in allen guten Häusern, daß
wo da essen auch nur zwei an einem Tisch, gehört
werde ein Wort der Lehre; und zumal ein guter
Gebrauch in jeder frommen Gemeinde, daß der
Bachur als Sabbatgast ein Wörtchen sage aus
dem Wochenabschnitt, das das Herz des Gast-
gebers stärke und erfreue.

Und so begann der Zempelburger wirklich
von dem Wochenabschnitt der Thora zu sprechen;
aber der Abschnitt gerade dieser Woche, war er

nicht das Schmerzlichste, das hier berührt werden konnte? Er blickte auf Reb Chaims Antlitz und sah es wieder trübe verschleiert; auf Golde, ihre Augen blickten schwermuthsvoll auf den alten Vater. Er fragte forschend in Vögele's Angesicht; ihre Augen sprachen, aber er verstand die Sprache nicht.

„Was will sie?“ fragte er sich, während er zerstreut den ersten Vers des Wochenabschnittes als Text seines „Wörtchens“ recitirte.

Aber Vögele ließ ihn gar nicht weiter sprechen.

„Guter Bachur“ rief sie aus: „nun müßt Ihr mir noch eine Weiberfrage erlauben!“

„Die Ihr wieder besser beantwortet?“ lächelte er.

„Das wollen wir einmal sehen!“ rief sie aus.

Reb Chaims Augen waren wieder voll Bewunderung.

„Erklärt mir doch einmal,“ fragte Vögele mit vielem Nachdruck, „warum der Wochen-Abschnitt vom vorigen Sabbat mit einem Weibe beginnt und der Wochenabschnitt vom nächsten

Sabbat wieder schon der Weiber im zweiten Vers gedenkt und weshalb gerade der heutige nicht?"

Der Zempelburger war wiederum verlegen, nicht um eine Antwort, sondern weil er nicht wußte, wo das hinaus soll. — „Lasset mich," sagte er deshalb, „erst Eure Weiber = Antwort hören und wenn sie falsch ist, sag' ich Euch die rechte!"

„Gut," sagte Vögele, „gut! Ihr sollt die Weiber=Antwort hören!"

Sie erhob sich vom Stuhl und sprach in einem Ton, dem man es anmerkte, wie viel ihr auf das, was sie beabsichtigt, ankomme. „Wir armen Weiber," sagte sie, „uns hat Gott, gelobt sei er, ein schwach Gemüth gegeben, darum hat er uns nicht hingestellt, um ein hart Wort an uns zu richten. Euch Männern aber hat er ein fest Ge=müth gegeben, das sich nicht beugen soll bei Straf=red, denn die Strafred von Gott sind wie Vater=red, die aufrichten sollen! Darum steht Ihr allein dabei! Wär' ich ein Mann," fuhr sie ohne Unterbrechung fort, „wär' ich ein Mann und ein

solcher Gelehrter wie Ihr seid, ich träte hin und
sagte: Was predigt Ihr Strafred' solch' einem
greisen Haupte, dem sein Gemüth nicht mehr so
fest ist? Mich ruft auf zur Thora, ich weiß,
was da gesagt hat Salomo der König gesegneten
Andenkens „„die Straf' von Gottes Mund ist
Balsam für die Wund'!"" und morgen Nachts
wollt' ich inmitten des Beshamidrasch vor allen
Bachurim und allen Gelehrten beweisen, daß ich
Recht gethan!"

Reb Chaim war einen Augenblick starr vor
Staunen über die Weisheit seiner Tochter, dann
richtete er sich hoch auf von seinem Stuhl und
war nahe daran sich zu bücken vor ihr. Seine
Hände und seine Stimme zitterten.

„Das ist der Maggid! der große Maggid,
mein Aeltervater, Friede sei ihm. — — Vögelche,
mein Kind! Hast Du das geredt oder hat ein
Engel Dir Alles gesagt? — — Komm her," —
er breitete die Arme aus, — „daß ich Dich noch
einmal heut segne."

Vögele konnte nicht allein dem Aufruf folgen,

reun Golde war aufgesprungen, hatte sich der Schwester an's Herz geworfen und sie mit ihren Armen umklammert. Der alte Vater mußte beide Kinder in seinen Armen aufnehmen. Von der unvermutheten Aufregung sehr angegriffen, sank er, mit dem rechten Arm Vögele, dem linken Golde umfassend, auf seinen Sitz zurück.

„Reb Chaim," begann jetzt der Zempelburger nach einer Pause, „ich glaube, ein Engel von Gott hätte nicht wahrer, nicht klarer sprechen können, als Euer Kind. Ich schäme mich, diese Wahrheit nicht längst gefunden zu haben, und bitte Euch, daß Ihr mich morgen an Eurer Statt zur Thora treten laßt."

Der Alte wiegte den Kopf hin und her, wie Jemand, der vor Verwunderung keines Wortes mehr mächtig ist; dann blickte er um sich, wie Jemand, der sich dessen versichern will, daß Alles, was er sieht und hört, kein Traum sei, und endlich zog er die Arme von den Kindern fort und bedeckte mit beiden Händen sein Gesicht, wie Jemand, der sich scheut zu zeigen, was die Augen

7

nicht mehr bergen können. Nach einer Weile
erst, nachdem zwei große Thränen bis auf seinen
grauen Bart hernieder gerollt waren, streckte er
die rechte Hand dem Zempelburger hin, in welche
dieser einschlug.

„Bachur", sagte er mit sehr bewegter Stimme,
„Gott, gelobt sei er, rufe ich zum Zeugen an.
Auf d e r Welt könntet Ihr mir nichts mehr bie-
ten, als Ihr gethan, und auf d e r Welt kann ich
armer Mann Euch nichts geben, was ich Euch
nicht sonst auch gern gegeben hätte. Aber auf
jener Welt, wenn mich Gott wird abgerufen haben und wenn ich werd gereinigt sein durch
Strafen von all meinen Sünden und ich werde
gebracht werden von dem Maloch ¹) in den lichtigen Gan-Eden ²), daß ich soll bekommen meinen
Antheil im Jenseits, dann werde ich gehen zu all
den lichtigen Zadikim ³) von Moseh unserm Lehrer an, dessen Antlitz leuchtet wie die Sonne, bis
zum Sch'loh hackobausch, der seinen Sitz hat

---

1) Engel. 2) Paradies. 3) Frommen.

mitten in dem siebenten Himmel und ich werd für
Euch Fürbitte thun, daß Ihr und alle, die Euch
angehören, sollt beglückt werden bis hundert
Jahr, wie Ihr mich habt beglückt an dem heu=
tigen lieben heiligen Sabbat!"

Golde war auf ihren Stuhl gesunken und
verbarg ihr Angesicht, und auch in Vögele's
Augen flimmerten Thränen, wie sehr sie die=
selben zurückzuhalten bestrebt war.

Und als die Engel des Sabbats sahen, daß
es Wehmuthsthränen waren, die in Aller Augen
schwebten, und als sie wahrnahmen, wie in jeder
Thräne neue und neue Sabbatlichter brannten,
da begannen sie den stillen Reigen wieder zu tan=
zen um jedes Haupt und um den Tisch und ringsum
in der ganzen Stube, und bald waren ihrer
wieder so viel, daß der Raum zu eng ward in
dem Stübchen, und all die, welche noch immer
hinzuströmten, den dunkeln Flur füllten und bis
zur Hausthür hinaus, in welche der Mond gar
hell hinein leuchtete.

Aber nach einer ganzen Weile, da horchten
7*

sie Alle auf, denn Vögele begann mit ihrer zarten
Stimme das Sabbat-Lied „der Ruhe und der
Freude", zu singen mit der Melodie, die der
Vater heute erbeten. Sie sang allein, leise, wie
es so recht zum Mitgesang einladet. Und als sie
an den Vers kam:

> Der Himmel Himmel, Erd' und Meer
> Das ragend hohe Engel Heer —

da trennten sich die Engel zu zwei Schaaren;
denn die des Sanges umringten Golde's Haupt,
die mitzusingen begann, während die des Wortes
sich treu zu Vögele hielten. Die Stimme Golde's
klang so glockenvoll, so glockenrein, so warm und
so aus der Herzenstiefe, daß Jeder, der auch nur
Einen Ton ihres Mundes gehört, ohne ihr reines
Gesicht zu sehen, zu ihr hätte die Worte des
hohen Liedes (2, 14) sprechen mögen

> Wie süß die Stimme Dein,
> So hold muß Dein Antlitz sein.

Am reich gedeckten Tisch des Reb Noach
Brall saß um dieselbe Stunde der Kosminer

mit Flammen der Verlegenheit im Antlitz; denn
Täubchen, die stattliche Frau, hatte ihn heute
mit einer Zuvorkommenheit aufgenommen, wie
sie ihm noch in keinem Hause widerfahren.
Solcher Aufmerksamkeit in reichen Häusern nicht
gewohnt, war er schon hierdurch ein wenig ein-
geschüchtert; aber die liebe Frau hatte weit
mehr, als es sonst Sitte ist, sich mit Fragen,
seine Person betreffend, an ihn gewandt und
lächelte zuweilen, wenn er in Verwirrung zu sein
schien. Dem Scharfblick des Kosminers ent-
ging es nicht, daß Reb Noach heute ernster war,
als er ihn sonst gesehen, und daß er das Be-
nehmen seines Weibes gegen ihn nicht billige.
Wenn er verlegen die Augen senkte und dann mit
seinem schnellen Blick aufsah, überraschte er
mehreremale die stattliche Hausfrau, wie ihr
Blick in seinen Mienen zu lesen suchte, und erschrak, wenn er hiergegen einen klugen forschen-
den Blick von Reb Noach Brall entdeckte, der
auf ihm und zuweilen auch mit Spannung auf
seiner Frau haftete.

Welche Flammen schlugen aber über ihn zusammen, als Täubchen folgende Worte an ihn richtete:

„Bachur," sagte sie, „Ihr seid mir gewiß ein gar lieber Gast, und ich habe mich gar sehr auf morgen Mittag gefreut, wo ich hoffte, Ihr werdet uns vom Worte Gottes etwas zum Besten geben, das auch ein Weiberherz versteht. Allein, Ihr wißt, was heute geschehen; der Eiruw ist poßul [1]); ich kann mein Mittagessen nicht in's Haus bringen lassen. Es steht in Reb Chaim Mitwenitzers Ofen. Wir hier werden uns behelfen müssen; wäre es aber Euch wohl Recht, wenn ich Euch bitte, dort Euern Mittagstisch zu nehmen? Ich will Vögelchen sagen lassen, daß sie Euch bediene!"

Der arme junge Mensch! Wie sollte er auch nur Ein Wort hervorbringen bei solchem Flattern seines Herzens, bei solcher Gluth, die er auf dem Angesicht fühlte, bei solchem Beben, das ihn durchfuhr? Er stotterte ein Paar Worte heraus,

—— 
1) Ungültig.

so verworren und unverständlich, daß er mitten
inne hielt, als er wiederum ein Leuchten in
Täubchens Augen und im Angesicht Reb Noachs
einen Ernst bemerkte, der wie eine Wolke darüber
lagerte. „Ich werd' das morgen mit Reb Chaim
in der Schul' abmachen," sagte der Hausherr mit
ruhiger Strenge, und überhob ihn so einer Ant=
wort. Nach einer Pause fuhr Reb Noach fort:
„Ich bin müd', lieb Weib, ich bin", setzte er mit
einer erzwungenen Ruhe hinzu, „ich bin zu alt
geworden für die schwere Freitags=Arbeit! — Wir
wollen beten!"

Mit diesen, in kurzen Absätzen gesprochenen
Worten begann er denn auch sogleich nach einem
flüchtigen Seufzer: „Gelobt sei Er und gelobt
sei sein Name, der da speiset die ganze Welt in
seiner Güte", und fuhr fort im Tisch=Gebet, mit
ruhigerer und lauterer Stimme und Stimmung.

Nur bei Einem Satze im eingelegten Sab=
batgebet, nur bei den Worten:

„Und in Deiner Gnade gewähre es uns,
Ewiger unser Gott, daß nicht komme Gram und

Leid in unsere Ruhe," nahm die Stimme wieder bei ihm einen leisen Anflug, als ob heute gerade seine Andacht eine tiefere Beziehung hätte.

Was regte sich denn in ihm? — Eifersucht?! — o wie kommt dieser Unhold in die Brust des klaren Mannes, des Gatten eines so liebetreuen Weibes! — Aber ein Schatten war es doch, wohl nur ein „flüchtiger Schatten", wie die Schrift es nennt; und der Talmud erklärt dies Wort: „Nicht wie der Schatten einer festen Mauer, nicht einmal wie der Schatten eines schwankenden Baumes, sondern wie der Schatten eines flüchtigen Vogels, der im Sonnenlicht vorüberzieht." Solche Schatten ziehen an wolkenfreien Tagen auch über lichte Gefilde und durch reine Herzen! — Und so sehr war es ein flüchtiger Schatten, daß Täubchen, die sonst so zartfühlende Gattin, nichts merkte, ja, daß sie nach dem Tischgebet sich wieder an den Bachur wandte: „Bachur, wollt Ihr nicht doch im Vorübergehen Vögelchen meinen Gruß bestellen und ihr sagen, daß sie sich auf Euch einrichten soll?"

Reb Noach stand vom Tisch auf, der Kosminer eilte mit flüchtigem Gruß davon und in der Stube war es still.

Da blickte Täubchen zu ihrem Manne auf, und ihr Auge sah zum ersten Mal jenen flüchtigen Schatten über seinem Antlitz.

„Noach leben,“ sagte sie mit ihrer frischen Stimme, „bist Du denn so gar milde heut?“

„In meinem Alter“ — sagte Reb Noach ernst.

„In welchem Alter? mein Herzmann!“ lächelte Täubchen und schüttelte den Kopf.

Er setzte sich wieder auf seinen Stuhl und sprach mit einer Strenge, die ihm sonst wohl eigen war, aber dem geliebten treuen Weibe gegenüber fremd: „Was hast Du das Bachurchen heut so in Verlegenheit gesetzt?“

Sie schüttelte noch immer den Kopf; aber sie lächelte dabei und rückte mit ihrem Stuhl ihrem Manne näher. „Erkennst Du denn die Flammen gar nicht, die im schönen Antlitz dieses Bachurchen geleuchtet? Das ist so voll von Liebe jetzt, wie Deines immer geleuchtet hat!“

Der Schatten des fliehenden Vogels ging wieder über das Antlitz; sein Auge forschte, aber sein Mund war stumm.

Das Weib aber sprach mit lichtem Lächeln. „Noach, mein Herz, wenn ich Dir's erst gesagt haben werde, was ich gestern Abend in der Mikwe drüben erfahren. —•

Bei diesen Worten kamen zwei Sabbat-Engel aus dem Hintergrunde des Zimmers hervor, wo sie so lange ganz still geweilt, und setzten sich ganz, ganz dicht, an beide Seiten der Gatten.

„Gestern?“ fragte Reb Noach — und der Schatten war weit, weit weg; sichtbar noch, aber doch verschwindend. Der Engel an seiner Seite aber drängte sich so dicht an ihn, daß er sich zu seinem Weibe hinneigen mußte, und der Engel an ihrer Seite flüsterte ihr etwas in's Ohr, und das muß wohl so liebevoll gewesen sein, daß sie gar nicht anders konnte. Sie schlug mit einem Male beide Arme um seine breite Brust und versteckte ihr Angesicht an seiner Schulter.

„Als ich heimkam, faßest Du über Deinen Büchern und bereitetest sie vor zu Deiner so schweren Freitags-Arbeit, guter Mann! Und ich, ach ich war wieder von Allem, was ich dort gehört und gefühlt, so voll, voll Gemüths-bewegung, wie ich gar nicht sein soll."

Und sie war wieder so, wie der Kreisdoktor meinte, sie solle nicht sein, wie sie aber immer sein mußte, wenn sie Täubchen bleiben wollte.

Reb Noach hob ihr am Kinn das Antlitz in die Höhe und blickte hinein in das Auge und weidete sich an dem Lächeln ihres Mundes und dem Erröthen ihrer Wangen; und fort, fort, weit fort, auch nicht in einer Spur mehr zu sehen war der flüchtige Schatten.

„Ich muß Dir noch Alles erzählen," sagte sie, „von Golde und dem Zempelburger Bachur und von dem liebherzigen Vögelchen und dem Kosminer Bachur, deß Flammengesicht Du leuchten gesehen. Ach, das ist so lieblich und so duftig, wie eine Geschichte in Tausend und Eine Nacht!"

Und schon wieder war sie, wie sie nach dem

Kreisboktor nicht sein sollte, und das fühlte Reb
Noach, an dessen Brust sie das Haupt wieder
lehnte bis in sein liebendes klares Herz hinein.
Er neigte sein Angesicht zu ihrem herab, so daß
die Engel über der Gatten Häupter sich ansehen
konnten. Sie lächelten Beide.

„Schöne Scheheresade," sagte Reb Noach.
„Erzähl' nur Alles, denn ich hab' Dich lieb, wie
ich Dich geliebt hab' schon lange Zeiten, als Du
noch ein halb Kind warst, vor Tausend und
Einer Woche!"

Die Gatten erhoben sich, zwei stattliche Ge=
stalten, an einander gelehnt schritten sie langsam
aus dem Zimmer; die Engel blickten ihnen nach,
lächelten und zogen von dannen.

Und draußen über dem Städtchen fanden sie
Monbnacht und Sabbatstille gelagert und viele,
viele Engel, die heimzogen nach der Höhe: denn
die des Sabbat=Abends sind nicht die des Sab=
bat=Tages. Jene sind lichter und lauter, diese
weiser und stiller; jene lächeln, diese sinnen, jene
lieben, diese lehren!

Nur in dem engen dunkeln Hausflur der
Witwe drängten sich noch viele, viele Abend-En-
gel durcheinander; denn drinnen war das Stübchen noch immer voll, weil Golde Sabbatlieder
sang und immer wieder von Neuem anfing, sobald nach tiefer Stille die Stimme Vögele's
anstimmte.

Warum hat Vögele ihren Stuhl verlassen
und sich an Golde eng angeschmiegt auf ihrem
Bänkchen? Sie wußte es nicht klar; aber die
Engel des Sabbats wußten es, denn sie flüsterten
das Synagogenlied „Lecho Daudi", das gehört
wird, so weit Israel den Sabbat grüßt:

„Komm, Geliebter, licht,
Zur Braut gegangen;
Ihr liebend Angesicht
Im Sabbat zu empfangen."

Und er kam.

Als der Kosminer in die Thür eintrat, da
kehrte ihm Vögele das Antlitz nicht zu; sie
raunte vielmehr Golden in's Ohr: „Kuck Du
ihn an, wie das leuchtet in Aug' und Löckchen
und Angesicht. Ich könnte schier blind werden!"

Aber ihre Hand zog von unter dem Tischtuch
Messer und Gabel hervor, das sie schon für ihn
zu morgen geputzt, als sie eben nur gehört, daß
der Eiruw vernichtet sei, und sie spiegelte alle
Sabbatlichter in der blitzenden Klinge wieder,
daß die Augen des Kosminerchens auch schier geblendet wurden. — Er machte seine Bestellung
an Reb Chaim ab und trug sich als Gast zu
morgen Mittag im Namen Reb Noach Bralls
an, und obwohl es sie gar nicht überraschen
konnte, zuckte doch der Arm Vögele's, den sie um
Golde geschlungen hatte, so voll Lust und Entzücken und Schalkhaftigkeit, daß Golde wirklich
von all dem angesteckt wurde.

Der glückliche Reb Chaim nahm seinen neuen
Gast mit Freude und Ehre auf.

„Setzt Euch, Bachur," rief er, „da auf Vö-
gelchens Stuhl, die Kinder sitzen ganz gut bei
einander. Ihr kommt ja wie gerufen, wir
können nun das Tischgebet zu Dreien sprechen."

Während des Gebetes, wo der Kosminer
das Antlitz Vögele's nur von der Seite sah,

flackerte es in dem armen Menschen wieder wie
die große Verzweiflung auf. Aber als sich alle
erhoben, da war's ja gar nicht anders zu machen,
und die beiden Pärchen sahen sich so voll und
liebend in die Augen, daß die Engel gar
nicht wußten, wem sie folgen und wo sie
bleiben sollten, als endlich die Gäste Abschied
nahmen. — — —

Es war schon spät, als die Mädchen durch
den finstern Flur hinaustraten in die Mond-
nacht, um in der milden Abendluft ihr glühend
Angesicht zu kühlen. Golde schweigend, Vögele
in der ganzen Ueberschwenglichkeit ihres Wesens.

„Golde!" rief sie und preßte leidenschaftlich
die Hand der Schwester in der ihrigen. „Glückselige Golde, die Du einen Jubel in Dein treu
Herz kannst einschließen, und so ganz, ganz allein
für Dich!"

„Und nicht für ihn?" fragte Golde still.

„Ja," rief Vögele, „und für ihn! Das ist
ja auch für Dich. Ich aber, Golde Herz, mir
geht's über alle Sinnen, daß ich's gar nicht aus-

halt über Sabbat, wenn nicht die ganze K'hilla
gleich weiß, daß ich sterben möcht' für jed'
Löckchen in dem glänzenden Antlitz meines
Kosminers!"

Aber welch ein Erschrecken folgte diesem Aus=
ruf! Auf dem Stein vor der Mikwe, seitwärts
der Thür, im Schatten, saßen die beiden Bachu=
rim noch und hatten Alles, Alles gehört. Sie
sprangen hervor. Golde, dem Umsinken nahe,
wurde vom Zempelburger aufgefangen, Vögele,
mit einem Schrei aufspringend, stand dem Kos=
miner einen Augenblick fast drohend zornig gegen=
über. Was sie der ganzen Welt eben gestehen
wollte, das sollte er, das durfte er aus ihrem
Munde nicht so erfahren. — Aber er hatte sie
trotzdem mit beiden Armen umfaßt, so daß ihr
nichts übrig blieb, als die schnell wiedergekehrte
Schalkhaftigkeit ihres ganzen Wesens.

„So?" rief sie und versuchte nur schwach
sich aus seinen Armen zu befreien, „was seid Ihr
mir für ein frommer Bachur, daß Ihr uns
Mädchen so erschreckt, als wär's eine Sünde,

wenn wir herauskommen, um das Mondlicht zu
begrüßen."

„Wohl ist's eine Sünde", entgegnete der Kosminer, „wenn Ihr am Sabbat in den Mond
hinein blickt! Löscht doch Euer Auge sein helles
Licht aus!"

„Charischen," entgegnete sie spottend, „seid
Ihr so fromm, wie dürft Ihr am Sabbat ver-
suchen die Flamme der Schmeichelei in meinem
Herzen zu entzünden!" [1]

Der arme Bachur, er fühlte sich zurück-
geschlagen; durch einen Scherz zwar; aber er
sah, daß er solchem Wesen gegenüber von der
Kraft seines Arms keinen Gebrauch machen kann.
— Er ließ sie nun frei und sprach im Tone
ernster Anbetung:

„Lichtiges Wesen, mit meinem Arme kann
ich Dich zwingen und halten; aber wie fasse ich,
halte ich Deinen Geist, der so hell ist, wie die
Sonne!"

------

1) Am Sabbat darf weder eine Flamme verlöscht,
noch angezündet werden.

„O, geht doch," sagte Vögele sanftmüthig: „Gegen den Mond habt Ihr schon gesündigt, und nun vergeht Ihr Euch gar auch gegen die lichtige liebe Sonne."

„Ach!" rief er aus: „ich weiß nicht, ob ich mich nicht gegen Alles, Alles versündigen könnt'!"

„Da soll ja Gott im siebenten Himmel sich erbarmen! Ihr sprecht ja, daß man Euch müßte den Mund zuhalten!"

Und hierbei kam ihr Händchen dem Munde so nahe, so nahe, daß er es ergriff, und es mit Inbrunst an die Lippen preßte.

Was half's? Ein sündiger Mund ist gar nicht so leicht zu stillen. Wohl hatte sie es schon mit beiden Händen versucht; aber die sündhaften Worte gegen die gute Sonne, gegen den lieben Mond, gegen alle lichtigen Sterne, gegen den großen Himmel, gegen die weite Erde, wollten gar kein Ende nehmen; und als er einmal ihre beiden Hände wieder gefaßt hatte, und mit einem Beben, das aus den innersten Stürmen einer

in Flammen gerathenen Seele entsprang, ausrief: „Wenn ich Deinen Namen nenne, möcht'
ich hinfallen auf die Knieen, wie all die Priester
und all das Volk, wenn sie hörten aussprechen
den Einen Namen, den Erhabenen, den Heiligen
und den Reinen!"[1]) — da erschrak die Arme so
wegen dieser Sünde, daß sie mit Beben den
Mund des Freblers schloß, und so schloß, daß
er der Sprache und der Sinne für eine Weile
gar nicht mehr mächtig war, und als er dann
aufblickte nur sah, daß sie ihm entflohen war.

Der Zempelburger geleitete Golde noch einen
Schritt in den Flur hinein.

„Und Du glaubst so ganz an mich, Du
herziges Herz?" fragte er sie mit einem Hände-
druck.

„Ja!" sagte Golde, „ganz, ganz glaub' ich
an Euch!" — entzog ihm sanft die Hand und
folgte ihrer Schwester.

---

1) Am Versöhnungstage wenn der Hohepriester den
Gottesdienst im Tempel zu Jerusalem verrichtete.

---

Ein alter Bibelspruch lautet:
„Gott hat die Menschen gerade gemacht; und
sie suchen die vielen Exempel." Eine merkwürdige rabbinische Erklärung hierauf lautet:
„„Gott hat die Menschen gerade gemacht,""
„Dies sind die gewöhnlichen Volksklassen" „„und
sie suchen die vielen Exempel,"" — „Dies sind
die Schüler der Gelehrten".

Der Sabbattag in der frommen K'hilla J.,
der in unserer Geschichte dem Sabbat-Vorabend
folgte, hatte offenbar die Tendenz, den rabbinischen Ausspruch zu bewahrheiten. Er entwickelte
so viele gesuchte Exempel der Schüler der Gelehrten, daß er zu den denkwürdigsten unserer
guten Stadt gehörte.

Wir haben bereits den Frankfurter Rabbiner
vor dem gestrengen Herrn Senator Jenichen mit
Wort und Daumen sehr instructiv das Wesen
des Eiruw erklären hören; wir hoffen, daß unsere
Leser eingesehen, wie dies Vorbild elektrischer

Telegraphenleitung in Folge sehr scharfsinnig berechneter Gleichungen höhern Grades ganz gleich sei einem Thorweg, einer Mauer und einem Hause. Wem dies einleuchtet, dem wird aber auch Folgendes verständlich werden.

Daß man am Sabbat keine Lasten tragen darf, das versteht auch das gewöhnliche Volk. Was aber eine Last ist? — das haben die Schüler der Weisen heraus gefunden. Daß eine große Kiste von Centnerschwere eine Last sei, ist nicht schwer einzusehen; aber die Entdeckung, daß eine Kiste so gut sei wie ein Kasten, und ein Kasten so gut sei wie eine Schachtel, und eine Schachtel so gut sei wie eine Tabacksdose, das läßt sich freilich erst aus „den vielen Exempeln" heraus-finden, die gesucht sein wollen.

In der frommen K'hilla F. war es nicht mehr nöthig, dergleichen zu suchen; es war längst heraus gefunden. Die Tabacksdosen waren für den heutigen Sabbat, — wo der Eiruw gesprengt, die Einheit des Territoriums zerrissen und ein Schritt über die Hausschwelle einer Reise von

Gebiet zu Gebiet gleich war — in die Behau=
sungen der Besitzer gebannt.

Anders verhält es sich mit den Schnupf=
tüchern. — Zwar ist es ausgemacht, daß ein
Schnupftuch so gut ist wie ein Laken, und ein
Laken so gut ist wie ein Stück Leinewand, und
ein Stück Leinewand so gut ist wie ein Ballen
Waare. Es könnte demnach kein Zweifel darüber
herrschen, daß der Transport eines Schnupf=
tuchs über die Straße für heute eben so zu
den Unmöglichkeiten gehört, wie der Transport
von Waarenballen in der Rocktasche aus einem
Ländergebiet ins andere. Dahingegen genießt
das Schnupftuch das große Vorrecht vor den
Tabacksdosen, daß es nicht als Defraudation
angesehen wird, wenn man dasselbe unter ver=
änderter Beschaffenheit über die Straße bringt.
Bindet man sich nämlich in seiner Behausung
das Schnupftuch um den Leib, so hört es auf
Schnupftuch zu sein und wird Leibgurt. Ein
Leibgurt ist aber eben so gut ein Kleidungsstück,
wie eine Hose, und da es ausgemacht ist, daß

eine Hose, an ihrem Bestimmungsort getragen, keine Last sei, so kann ein als Leibgurt verkleidetes Schnupftuch ebenfalls keine sein.

Hiernach sollte man nun freilich meinen, daß alle Schnupftücher der Welt so hinreichend begünstigt seien vor den unglücklichen Tabacksdosen, daß es keiner Seele einfallen sollte, zu Gunsten derselben noch irgend eine Art erlaubten Transportirens zu ersinnen. Aber die sündige Menschheit ist einmal so, daß sie nicht Maß zu halten weiß, sobald man ihr mit Erleichterungen in dem Gebote entgegenkommt, und es ist eine Thatsache, die nicht in Abrede gestellt werden kann, daß ein Theil der K'hilla etwas darauf setzte, die Schnupftücher nicht in Form von Leibbinden oder Gürteln, sondern unter der Form von Handschuhen über die Straße zu transportiren!

Wir sind weit entfernt von der Annahme, daß hierdurch, wie Einige behaupteten, eine Boshaftigkeit an den Tag gelegt worden, die der Kerkow's gleichkomme. Gleichwohl wollen wir nicht leugnen, daß es verfänglich ist, zu behaup-

ten: ein um die Hand gewickeltes Schnupftuch
sei so gut wie ein Handschuh, und ein Schuh für
die Hand sei so gut wie ein Schuh für den Fuß,
und da dieser ein erlaubtes Kleidungsstück, so
könne ein Schnupftuch um die Hand gewickelt
nicht als Last, sondern müsse als Kleidung betrachtet werden. Wir sagen: es ist verfänglich,
da man auf gleicher Basis leicht dahin gelangen
könnte, einen Regenschirm als einen Hut mit
breiter Krämpe anzusehen, während er bekanntlich
nach allen Autoritäten der „Berechner" ganz
und gar den Gesetzen eines „Zeltes" unter-
worfen ist!

Nicht zur Rechtfertigung, wohl aber zur Ent-
schuldigung Derjenigen, welche in unserer K'hilla
am Sabbat-Morgen mit den Schnupftüchern
um die Hand gewickelt in die Synagoge gingen,
müssen wir des einen Umstandes erwähnen, .
daß sich in unserer frommen K'hilla hierüber
keine sichere Praxis hatte herausstellen können.
Der Eiruw war seit vielen Jahren nicht ungültig
geworden: ja die Achtung vor demselben stand

so hoch in den Augen sämmtlicher Bauern, die
am Freitag zu Markte kamen, daß sie lieber ihre
Peitsche am Eiruw hängen ließen, wenn sie durch
einen unglücklich geführten Hieb sich daran ver-
wickelte, als daß sie durch Zerren sich hätten der
Gefahr aussetzen mögen, den Draht zu sprengen
und ihrer Kundschaft ein so bitteres Leid zu-
zufügen.

Wohl lebten noch in dem Gedächtniß vieler
Greise die schrecklichen Erinnerungen an eine
Kuh, die zu den Lebzeiten des großen Maggid
von einem bösen Geist behaftet war und die
regelmäßig an jedem Sabbat den Eiruw um-
rannte. An dieser Kuh geschahen zu viel Wunder, als daß wir sie der Vergessenheit anheim-
fallen lassen könnten. Sie war gebürtig aus der
Weichsel-Niederung, gab an Wochentagen sehr
viel Milch, und zeichnete sich somit sehr vor-
theilhaft vor den übrigen fünf Genossinnen aus,
die sich mit ihr eines gleichzeitigen Daseins in
F. erfreuten. Aber richtig konnte es mit dieser
Kuh doch nicht sein; denn während ihre Genos-

sinnen sich grundsätzlich am Sabbat nicht melken ließen und hätte sich eine Frevlerhand hierzu gefunden, nimmermehr würden Milch gegeben haben, kam es zur Kunde, daß diese Kuh von dem sündhaften Gelüste beherrscht sei, auch am Sabbat gemolken zu werden; ja sie bewies dies dadurch, daß sie am Sabbat Milch ausfließen ließ, als ob eine unsichtbare Frevlerhand sie melke. Bald aber stellte es sich klarer heraus, welche Bewandtniß es mit ihr habe. Sie wurde regelmäßig jeden Sabbat wüthend, rannte die Thür ihres Stalles ein, lief unter Brummen, das oft die ganze K'hilla allarmirte, bis an den Eiruw an der Weichsel, und stieß mit ganz besonderer Erbitterung die Eiruw-Stange um. Daß hier ein böser Geist im Spiele sei, konnte bald jedes Kind einsehen; und der Erfolg bestätigte dies vollkommen, als Reb Jekow Baal-Neß[1]), ein Zeitgenosse dieser Kuh, vor dessen kabbalistischen Kenntnissen sogar der große Maggid Furcht

---

1) Baal-Neß: Wunderthäter.

hatte, es übernahm, den bösen Geist aus der
Kuh zu treiben. Die heiligen Namen, deren er
sich hierbei und bei der Beschwörung des bösen
Geistes bediente, sind ein Geheimniß geblieben,
und mögen nur seinem Sohne Reb Rephoel bekannt gewesen sein, der, wie wir noch sehen
werden, in unserem Städtchen in stillster Zurück-
gezogenheit lebte und nur für einige Augenblicke
zuweilen zum Vorschein kam, wo es galt, den
vererbten Namen des Wunderthäters zu bewahrheiten. Die Beschwörung zeigte sich sehr wirk-
sam, denn als er hierauf verordnete, daß die Kuh
mehrere Tage ohne Unterbrechungen fasten solle
und dieser Verordnung nachgekommen wurde,
wüthete zwar der böse Geist an den ersten zwei
Tagen ganz gewaltig und peinigte die arme Kuh
so sehr, daß ihr Schreien durch die ganze K'hilla
gehört wurde. Aber als das Fasten anhielt, erwies sich die Macht des Wunderthäters über den
bösen Geist in der unumstößlichsten Weise. Die
Kuh wurde nicht nur vollkommen geduldig, hörte
nicht nur auf zu wüthen, sondern ließ fortan den

Sabbat und den Eiruw in Ruhe und ergab sich
so offenkundig der Reue über die ehedem am
Sabbat von ihr vergossene Milch, daß sie sich
auch fortan weigerte, an Wochentagen Milch zu
geben.

So beiläufig die Lebensschicksale dieser merkwürdigen Kuh für die Begebenheiten des Sabbat sind, die wir unsern Lesern vorzuführen
haben, so sehr gebietet uns jedoch die Rücksicht
auf die Wunder, die noch an ihr geschehen, mindestens die letzten Nachrichten ihres Daseins in
aller Kürze zu erwähnen.

Als der reumüthige Entschluß, gar keine Milch
mehr zu geben, unerschütterlich in ihr blieb, ließ
der Besitzer dieser merkwürdigen Kuh den Schächter kommen, damit er sie schlachte. Der Schächter, er hieß Reb Pinches, war der glaubwürdigste
Mann in der Welt! Er versicherte, auch nicht
die geringste Scharte an seinem Schlachtmesser
und nicht den leisesten Widerstand bei der Kuh
gefunden zu haben; im Gegentheil, sie schien voll
freudiger Ergebung; und sie war es auch. Denn

als der Schächter das übliche Gebet gesprochen
und eben regelrecht seinen Schnitt durch den
Hals des Thieres hinführen wollte, hörte er ganz
deutlich, wie die Kuh andächtig „Amen" sagte.
Vor Schreck entfiel ihm das Messer und er
sammt Allen, die die Kuh geknebelt hielten, liefen
schreiend davon. Die Kuh aber stand auf, lief
vor den Augen der ganzen herbeigestürzten K'hilla
hinaus zur Stadt und endlich in wilde Wälder
hinein, wo sie weitere authentische Nachrichten
nicht mehr über sich in die Welt kommen ließ.

Aus jenen denkwürdigen Zeiten nun, wo die
Kuh von dem bösen Geist besessen war und den
Eiruw an allen Sabbaten vernichtete, waren dunkle
Sagen freilich in die Nachwelt gelangt, daß damals bereits mehrere sehr fromme Einwohner
von F. ihre Schnupftücher um die Hand gewickelt,
also als Handschuh transportirt hätten. In
neuern Zeiten waren Zerstörungen des Eiruw
fast gar nicht geschehen, und hauptsächlich seit
den Zeiten, daß Reb Jizchak Reb Simchas auf
dem Lehrstuhl saß, hatte er noch gar keine Ge-

legenheit, die Schnupftuch=, oder richtiger die
Gürtel= oder Handschuh=Frage zu erörtern und
zu entscheiden. Somit müssen wir denn freilich
in diesem Mangel einer festen sichern Praxis
einen Entschuldigungsgrund für diejenigen fin=
den, die sich in diesem Punkte einer jedenfalls
leichtsinnigen Auffassung des biblischen Verbotes,
Lasten am Sabbat von einem Gebiet ins andere
zu tragen, zu Schulden kommen ließen.

Aber unser milderes, durch historische Be=
trachtungen objektiv gewordenes Urtheil, konnte
an jenem Tage, wo Kerkow's Schandthat noch
gar zu sehr die Gemüther rege hielt, auch nicht
im entferntesten bei all denjenigen Eingang fin=
den, die ihre Schnupftücher als Gürtel um die
Leiber trugen und demnach in den Handschuh=
Trägern fast Genossen Kerkow's sehen wollten. —
Bei der an Mündlichkeit und Oeffentlichkeit ge=
wöhnten Bevölkerung war es nicht Wunder zu
nehmen, daß fromme Glieder der Gemeinde das
freie Wort hier walten ließen, und somit schon
beim Hineingehen in die Synagoge Sticheleien

bitterster Art fielen, wie sie eben alle Frommen
die für Gott eifern eigen zu sein pflegen. In
der Schul' selbst aber wuchs die Aufregung derart, daß Reb Jizchak Reb Simchas vor dem Lesen aus der Thora ausrufen ließ, er werde zum
Schluß des Gottesdienstes in einer gelehrten
Predigt die Angelegenheit erörtern und in Ord-
nung bringen. — Diese Aussicht hielt nun die
Gemüther in Ruhe, verursachte, daß man der
Vorlesung aus der Thora die gebührende Aufmerksamkeit schenkte und sich erinnerte, daß heute
Sabbat sei, wo die Straf-Androhung vorge-
lesen wird.

Aber grade dieser Umstand sollte der Aufregung nur wiederum Nahrung geben. Reb Noach
Brall, der neben der Thorarolle als Vorsteher
dastand, stutzte, als er erfuhr, daß der Zempelburger Bachur sich freiwillig gemeldet zur Thora
hinzuzutreten; allein er ahnte, nach dem, was er
am gestrigen Abend noch von seinem lieben
Weibe erfahren, den Zusammenhang und gestat-
tete mit einem Lächeln, das dem Synagogendie-

ner nicht gefiel, diese Neuerung. Als daher der Vorbeter statt des Reb Chaim den Bachur zur Thora aufrief und dieser dem Rufe mit aller Ruhe folgte, erhob sich ein solches Murren während der Vorlesung, daß der in üblicher Weise mit sehr leiser Stimme gehaltene Vortrag all' der Strafandrohungen fast völlig dem Ohr der Gemeinde verloren ging.

Unter diesen Umständen war die herrschende Stimmung in der Gemeinde auf den vom Rabbi angekündigten gelehrten Vortrag ganz besonders gespannt; und wir dürfen versichern, daß Reb Jitzchak Reb Simchas mit Ehren die großen Anforderungen auch heute erfüllte, die der Stolz unserer K'hilla an ihn zu stellen berechtigt war.

Der unsterbliche gelehrte Mann gab ein Kunstwerk zum Besten, das leider der Nachwelt nicht in unveränderter Form erhalten worden ist, welches sich aber würdig all' den Produkten seiner Zeitgenossen anreiht, deren höchster Genuß darin bestand, unerklärliche Fragen über unerklärliche Bibelverse übereinander aufzugipfeln, bis ein

ganzer Thurm unerklärlicher Bibelverse daraus
entstand, der kann endlich eben so künstlich aus-
einander und zurechtgelegt wurde zum Ergötzen
all' derer, denen nichts in der Welt über ein
„gleich Wörtchen" ging.

Der gute Rabbi machte sich die Sache nicht
leicht. Er fing an mit der Rotte Korah's, die
von der Erde verschlungen wurde, und fand es
höchst auffallend, weßhalb sie gerade an Zahl
zweihundert und funfzig Mann ausmachte? Von
dieser unbeantworteten Frage ging er direkt auf
den Felsen über, dem Moses mit seinem Stabe
das Wasser entlockt und ließ nicht früher ab, als
bis er auch diesen Fels in einen unlösbaren
Widerspruch mit einer rabbinischen Lehre ver-
wickelte. Sodann warf er sich auf die Eselin, die
Bileam geritten und bewies unwiderleglich, daß
dieses gescheite Thier im Augenblick, wo es sich
zwischen zwei Zäunen quetschte, ein ganzes Stück
im Talmud übersehen habe. Nunmehr ließ er
das Thier in völligster Verlegenheit hinter sich
und wendete sich an den Regenbogen, der nach

9

der Sündfluth erschien, um an ihn die Frage
zu richten, warum er nicht wie der Bogen eines
Schützen mit der convexen Seite zur Erde ge=
richtet dastand, um seinen bedrohlichen Charakter
besser an's Licht treten zu lassen. Nicht minder
erschienen dem gelehrten Redner viele andere
Wunder der Vorwelt höchst verfänglich, insofern
bei ihrer Darstellung in der heiligen Schrift
irgend ein Wort hätte anders lauten können oder
lauten sollen. Die Gemeinde wurde durch diese
von allen Seiten sich sehr häufenden Schwierig=
keiten, die offenbar gar keinen Ausgang aus dem
Labyrinth erblicken ließen, außerordentlich an=
geregt. Da aber eröffnete er mit einemmale eine
schmale Pforte in einer Stelle aus den „Sprüchen
der Väter," die von den zehn Sachen erzählt,
die bei Schöpfung der Welt mitten im Be=
gegnungs=Moment, wo der Freitag aufhört und
der Sabbat anhebt, geschaffen wurden; und von
welchen zehn Dingen merkwürdigerweise gerade
die beregten Bibelstellen handeln, die sammt
und sonders den Stoff der aufgebauten Uner=

klärlichkeiten des heutigen gelehrten Vortrages
bildeten. Der gelehrtere Theil der Gemeinde
sah schon, wie hier ein Licht einbrang durch diese
schmale Pforte, das alle Dunkelheiten zu beleuch-
ten bestimmt sei; als aber der Rabbi mit großer
Lebhaftigkeit die Stelle citirte, in welcher es heißt,
daß in jenem verhängnißvollen Schöpfungsmo-
ment auch eine Zange geschaffen wurde, da lief
ein Lichtstrom der Lösung aller Schwierigkeiten
über die Geister der ganzen Gemeinde hin; denn
jene Zange des Talmuds geschaffen am Freitag
in der Abenddämmerung, stand offenbar im
engsten Bezuge zu der Zange, mit welcher der
Bösewicht Kerlow gerade auch Freitags in der
Dämmerstunde sein Vernichtungswerk vollbracht,
zumal der Talmud selber die Worte hinzufügt,
daß eine Zange immer mit Hilfe einer andern
gemacht wird, es also eben so einer ersten Zange
bei der Schöpfung bedurft habe, wie alle jetzt
existirenden Zangen nur Nachkömmlinge jener
Ersten seien!

Und in der That, es befand sich der Rabbi

und sein Vortrag in höchst überraschender Weise
so recht im Mittelpunkt der Tagesfragen unsrer
guten K'hilla, obwohl sie eben erst in sehr fernen
Gefilden zu verweilen schienen und gar nichts
ahnen ließ, wo denn Kerkow weltgeschichtlich an
den Pranger gestellt und in welcher Weise heute
die Gegenwart an die Vergangenheit geknüpft
werden solle. Einen herrlichern Aufschwung
konnte der Vortrag nicht nehmen, denn noch
weiter und bis über die Schöpfung hinaus darf
sich zwar die Kabbala¹) wagen, — und der Rabbi
soll zuweilen solch kühne Ausflüge gemacht haben
— aber es ist verboten, dergleichen in Gegen=
wart von zwei Personen zu betreiben, geschweige
denn davon in einem öffentlichen Vortrage zu
sprechen.

So auf den Gipfel aller berghohen Uner=
klärlichkeiten schwang der Rabbi mit einer noch
weit größern Virtuosität als der Bösewicht Kerkow
die Mutter=Zange aus der Schöpfungsgeschichte,
zog mit ihr nach und nach alle Haken und Nägel

---

1) Kabbala, Geheimlehre.

heraus, mit welchen er eben erst sämmtliche Welt-
wunder in Verlegenheit gesetzt hatte und recht-
fertigte dann mit einem höchst genialen Um-
schwung nicht blos die Rotte Korah's, den Felsen
des Moses, die Eselin Bileams und den in Gestalt eines krummen Eiruw erscheinenden Regenbogen, sondern legte auch den Stab Ahrons
und das Widder Abrahams ins Gleichgewicht
mit einer ganzen Masse geheimnißvoller Wahrsprüche, von denen Viele behaupteten, sie seien so
geheimnißvoll, daß man sie in keinem Exemplar
eines existirenden Buches auffinden könne. —

Wir haben zur größten Genugthuung den
kleinen Mann mit seinem langen, schwarzseidenen
Gewand schon in dem großen erschütternden Moment der Vernichtung gesehen, wie er den Sturm
einer Welt mit wenigen drastischen Worten be-
schworen; ihn heute mit beiden Händen unerklärliche Bibelverse, geheimnißvolle Wahrsprüche
spielend um sich werfen und durcheinander jagen
zu sehen, und sodann wieder Alles, Schlag um
Schlag, eine ganze Welt voll Wunder in's Reine

zu bringen, das war ein Genuß, dessen die Jetzt-
welt und die Nachwelt nicht mehr würdig zu sein
scheint.

Und nun noch inmitten des großen Entzückens
der Gemeinde kam die moralische Nutzanwendung
nur um so schlagender an's Licht. Vor Allem
that er überzeugend dar, daß Kerkow's That nur
eine Folge der Gottlosigkeit unserer Zeit sei, die
sich dadurch kund gebe, daß einige verheirathete
Frauen in Posen, Thorn, Bromberg und Culm
mit künstlichen Scheiteln gehen. Er schrie diese
Uebelthäterinnen, weil sie nicht das Glück hatten,
zugegen zu sein, mit sehr lauter Stimme an und
verkündete ihnen drohend, daß noch schlimmere
Folgen die Welt treffen würden, wenn sie nicht
die Scheitel ablegten. Sodann bewies er, wie
auch die gute K'hilla F. müsse Buße thun, und
wie der zerstörte Eiruw nur eine Mahnung sei,
daß wir im Exil sind; denn wären wir nicht im
Exil, sondern in Jerusalem, so würden wir eine
Mauer haben und keinen Eiruw brauchen. Endlich warnte er sehr drohend vor dem Leichtsinn

mit den Schnupftüchern, die man um die Hand
binde, und bewies, daß dies eine besondre Sünde
sei, wegen welcher man sich am Versöhnungs=
tage an's Herz schlagen müsse. Schließlich aber
ließ er noch einmal Kerkow vertreten und ver=
sicherte die Gemeinde, daß sein Ende nahe sei,
denn es steht geschrieben: „Wer den Zaun um=
reißt, den wird die Schlange beißen! [1)“

Die gute fromme K'hilla! Seit langen Zeiten
war kein Ereigniß von solch' erschütternder Wir=
kung daselbst vorgekommen und von solch wohl=
thuendem Einfluß war lange Zeit kein Vortrag ge=
wesen. Schon beim Heimgang aus der Synagoge
war keine Seele mehr da, die die Sünde, um
welche man am Versöhnungstage sich besonders
an die Brust schlagen müsse, begehen mochte.
Schnupftücher, die auf dem Herwege noch Hand=
schuh spielten, wurden jetzt sammt und sonders
Gürtel. Der Eiruw war zwar poßul, die Ein=
heit des Gebietes zerrissen; aber die Einheit des
mit Schnupftüchern der Frömmigkeit umgürteten

<hr>

1) Prediger Salomonis 10. 8.

Israel war durch die Macht des Wortes unseres Rabbi wieder hergestellt.

Niemand aber kehrte aus der Synagoge seliger heim, als Reb Chaim. Sein altes Antlitz leuchtete derart, daß Golde sich nicht der Thränen enthalten konnte, als er sie segnete. Auch Vögele war sehr erschüttert, als sie den Vater eilig nach dem geliebten Sch'loh hackobausch greifen sah, um seine Rührung zu verbergen.

Der gute Reb Chaim! Er hatte in seinem dicken Folianten Alles gefunden, was er je gesucht; er war fest überzeugt, daß auch sein wahrster Wohlthäter, der Zempelburger, irgend wo im Sch'loh hackobausch stecke, und daß er ihn nur jetzt nicht finde, weil ihn die Freudenthränen verhinderten, die rechten Worte zu lesen! Es war rührend zu sehen, wie eifrig er sich die Augen wischte, und wie beharrlich er ihn suchte, und wie er sich endlich sagte: „Ich werde heute die ganze Nacht Blatt für Blatt durchgehen, und mit Gottes Hilf' werde ich ihn schon auffinden!" — O, gewiß, Du guter Reb Chaim, Du findest ihn recht bald auf!

Draußen vor der Mikwe traf Reb Noach Brall mit seinem Weib Täubchen beim Heim-gang aus der Synagoge zusammen. Das statt-liche Ehepaar nahm sich immer vortrefflich aus, und heute im prächtigen Sabbat-Staat ganz be-sonders; aber es schwebte noch außerdem ein freundlicher Geist über ihnen. „Da will ich doch tausend Schwüre darauf thun, daß das wieder ein Stückchen von Vögele ist, um Golden glücklich zu machen!" sagte Täubchen voller Heiterkeit. „Ich muß dem Maggid da nur gleich den Text darüber lesen."

Reb Noach lachte: „Das Kind hat ein Köpf-chen auf sich, daß es könnt die ganze K'hilla um-kehren!"

„Du, Maggid," rief Täubchen der eben in der Hausthür erscheinenden Vögele entgegen. „Komm Du nur her! Ich werd' Dich beim Rabbi verkla-gen, daß Du ihm die Bachurim verführst! Was hast Du mit dem Zempelburger da angestiftet?"

„Ich?!" sagte Vögele etwas verlegen wegen der Gegenwart des sonst ernsten Reb Noach; aber

sie sah das wohlwollende Lächeln seines Ange=
sichts und fügte hinzu: „Ich hab' ihm ein'n
Bibelvers ausgelegt!" Und wieder hielt sie mit
einer so verschämten Schalkhaftigkeit inne, daß
Reb Noach nicht umhin konnte, zu fragen: „Nun,
was ist das für ein Vers! Du Maggid?"

„Der Vers," lachte Vögele, „ist vom König
Salomo gesegneten Andenkens. Hat er denn
nicht geschrieben in seinen Sprüchen: „„besser
offne Strafrede als heimliche Liebe?"" 
und das bedeutet: „es ist besser, sich die Straf=
reden öffentlich vorlesen zu lassen, als eine heim=
liche Liebschaft zu haben."

Reb Noach Brall, trotz der Würde, die ihm so
wohl stand und die er auf der Straße am aller=
wenigsten gern Preis gab, schlug ein so schallen=
des Gelächter über diese witzige Anwendung
des Bibelverses auf, daß sich im Nu ein Kreis
Neugieriger einfand. Aber der würdige Mann
faßte sich sofort. Er ging mit Täubchen am Arm
nur einen Schritt der lieben Golde entgegen, die
eben, durch das helle Lachen angelockt, aus der

Hausthür trat, bot ihr mit einer Herzlichkeit
seinen „guten Sabbat", der ihr Gesicht nur noch
glühender eröthen ließ, als es bereits der Fall
war, und begab sich eilig in sein Haus, um sich
in den Lehnstuhl zu werfen und noch einmal herzlich über Vögele lachen zu können.

„Das heißt eine Mar! Das heißt ein Maggid!" rief er aus, indem er mit der Hand auf
den Tisch schlug. „Ich soll mich nicht versündigen, Täubchen leben, das ist eine Mar, um
die man könnte das Kosminer Bachurchen beneiden, wenn ich Dich nicht mein Herztäubchen
leben hätte."

Täubchen lachte über den so seltenen Enthusiasmus ihres braven geraden Mannes hell
auf, ließ sich von ihm den so eben gehörten und
für sie doch zu gelehrten Witz Vögele's erklären,
und nahm nun so herzlich an seinem Entzücken
Theil, daß ihre Augen schon wieder voll Thränen der Begeisterung für die Kinder in der
Mikwe waren.

„Liebherziger Noach leben!" sagte sie:

„Haſt Du denn auch Golde's Antlitz ſo recht
angeſehen?"

„Ob?!" ſagte er: „ſie ſieht aus, wie eine
Braut, ſchön, züchtig und fromm. — Ach!" ſetzte
er mit einem leichten Seufzer hinzu, aber er
brach ab und ſagte: „es ſind liebe Kinder!"

„Noach leben!" ſagte Täubchen, und lehnte
ſich voll innerſter Seelenbewegung auf die breiten
Schultern des geliebten Mannes. „Ich hab'
ein Gelübde gethan, wenn mich Gott der gelobte
in Gnaden bedenken würde" — — Sie verbarg
ihr Geſicht an dem ſeinigen und ſchwieg.

„Täubchen leben, Du machſt Dir doch ſchon
wieder Gemüthsbewegung!" mahnte ſie der
Gatte.

„Ach Herr der Welt!" rief ſie leidenſchaftlich
betend aus: „wenn es Dein heiliger Wille iſt,
zu gedenken Deiner Magd, ſo weißt Du doch,
daß Du ihr gegeben haſt dies bewegte Gemüth
und daß meine Seele nicht wird aufhören zu
zittern vor Gebet, bis ſie wieder eingehen wird
in Deine Hand!"

Reb Noach erhob sich ernst und richtete sein schluchzendes Weib mit auf: „Täubchen Herz," sagte er mit ruhiger Festigkeit: „es ist heut Sabbat, und darum faß Dich und vertrau' auf Gott. Aber hör' mich an, was ich da sag'. Ich weiß, was Du hast für ein Gelübde gethan. So wahr heut der heilige Sabbat über der Welt ist, was Du auch thun wirst für die beiden Kinder: so will ich doppelt das Doppelte dazu legen!"

Im Stübchen der Witwe herrschte heute eine Fülle von Segen an Tisch und Stimmung, wie es nur in den seltensten und gesegnetsten Stunden guter Menschen der Fall ist. Reb Chaim hatte wirklich im unübertrefflichen Sch'loh hackobausch auch den Zempelburger herausgefunden, oder was dasselbe ist, hineingelesen, und nachdem dies einmal fest stand, gab es keine Gränze seiner Verehrung für diesen Gast. Golde sah aus, wie Reb Noach Brall sie schilderte, und der Zempelburger war wie verklärt in Glückseligkeit.

Zwischen Vögele und dem Kosminer dagegen spann sich in abgerissenen Worten, in Blicken voll Leidenschaft und Gluth, in stummen Entzücken, in Necken, Schmollen, Grollen, Aufwallen und Ueberwallen, all das Spiel einer Liebe ab, wie es nur in so jungen, regen und überschwänglichen Seelen möglich ist.

Anfangs grollte der Kosminer mit sich und der ganzen Welt. Warum hat der Freund diesen Liebesdienst für Reb Chaim thun dürfen und nicht er? — Er hatte auch gehört, daß sein Vögele etwas dem Reb Noach Brall gesagt, worüber dieser so ungewöhnlich hell auf offener Straße gelacht. Was mag sie gesagt haben? Warum sagt sie das nicht auch ihm? Sie schien ihm so geistreich, daß er sich einbildete, sie halte ihn für einen Thoren. — Hat sie gar über ihn gespottet, wie es gestern Täubchen gethan?! Der arme junge Mensch! Sein Herz krampfte sich bei diesem Gedanken so zusammen, daß ihm sogar Kotzebue's Verzweiflung höchst flach und lächerlich gegen die Verzweiflung dieses Gedantens vorkam. Als sie sich an den Tisch gesetzt hatten, sah ihn wieder Vögele nicht an, sondern spielte mit einem blanken Messer und raunte immerfort Golden etwas in's Ohr. Reb Chaim nahm den Zempelburger allein in Anspruch; der Kosminer wähnte sich nicht nur gottverlassen, sondern, wie er sich voll Zorn sagte: „in Bann gethan," und war nahe daran, einen Eid zu schwören: nie, nie in seinem ganzen Leben, auch nicht einen einzigen Blick mehr auf Vögele zu werfen.

Als jedoch Vögele's Händchen ihm Messer und Gabel zuschob, und gerade das blanke, blitzende Messer, mit dem sie gespielt, da blickte er ihr doch ins Gesicht, und wie sonderbar oft ein Blick wirken kann, da fuhren ihm wieder ganz andere Gluthen durch's Herz, und er hätte, wenn es thunlich gewesen wäre, gerade das entgegengesetzte eidliche Gelübde abgelegt, nämlich: nie, nie in seinem ganzen Leben, auch nicht einen einzigen Augenblick, ohne dieses Händchen, und ohne dieses Gesicht, und ohne dieses Herz-Vögele existiren zu wollen!

Und nun gar, als Vögele sich die Aermel
aufschürzte und erklärte, sie habe den Auftrag,
heute Madam Täubchens Rolle zu spielen, ihn
ganz allein zu bedienen, und dafür solle er ihr
auch ganz allein sein „Wörtchen" sagen; als sie
wirklich mit diesen halb aufgeschürzten Armen
das Scholent von Reb Noach Brall auftrug und
Golde neckte, daß diese ihren Bachur lange nicht
so prächtig bedienen könne; — als sie gar die
„Kugel" für die musterhafteste von der Welt
pries und von ihr rühmte, daß sie ganz allein
einen Segensspruch in der Synagoge verdiene
und dabei mit ihren eigenen zwei Händchen —
und andere hatte sie doch einmal nicht! — ihm
vorschnitt, und ihn mit ihrem Mündchen — und
sich eines Dolmetscher zu bedienen, war ja gar
nicht möglich! — bat, doch ja nicht die geliebte
Madame Täubchen in ihrer guten Sabbat-Kugel
zu verschmähen; — guter, guter Gott, das
Herz dieses Kosminerchens hätte müssen ein uner-
hört harter Felsen sein, — und dazu hatte es
nicht die allergeringste Anlage, — wenn es dabei

nicht hätte in einem unabsehbaren Taumel von
Seligkeiten schwelgen sollen!

Und Golde? — Sie hatte sich die Aermel
nicht aufgeschürzt, und pries das Essen auch nicht,
ja sie sprach fast kein Wort und doch bediente sie
den Zempelburger und den Vater mit einer Lieblichkeit, die tausend Zungen nicht hätten genug
preisen können; denn wer will den Liebreiz ma-
len, in welchem sich innige Bräutlichkeit, innige
Züchtigkeit und unendliche Hingebung paaren?

Und Du, o guter, glückseliger Reb Chaim!
Mit zwei solchen Kugeln war noch nie Dein
Tisch, mit zwei solchen Pärchen noch nie Dein
Stübchen, mit zwei solchen Thränen noch nie
Dein Bart geziert! Ja, großer Altenstein! wäre
es Dir doch vergönnt gewesen, dieses gutmüthigste,
seligste, mit der ganzen Menschheit versöhnte
Angesicht dieses Reb Chaim, des Opfers Deines
Eigensinnes, mit eigenen Augen zu sehen, Du
würdest geahnt haben, daß, wo die Religion,
auch die Liebe ist, und Du würdest ausgerufen
haben: Wäre ich nicht Staatsminister von Alten-

stein, so möchte ich Reb Chaim des Maggids
sein!

———

Und nach Tische!

So wie die stolze Wissenschaft der Sprach-
forschung zeither immer noch an dem oft unter-
nommenen Versuch gescheitert ist, das Wort
„Scholent“ zu erklären, eben so vergeblich hat
die noch stolzere Naturwissenschaft der Neuzeit
danach gestrebt, die einschläfernde Wirkung der
Sabbatkugel zu erläutern. Es giebt — man
sollte sich des Geständnisses nicht schämen —
eben so Religionsgeheimnisse, wie Naturgeheim-
nisse, vor denen selbst neuere Rabbinen, die als
Doktoren der Philosophie Alles wissen, wie vor
einem verschlossenen Garten stehen! Was Scholent ist, kann nur erfahren, nicht erklärt werden;
das gestehen sogar Frevler ein, welche den Er-
fahrungswissenschaften dieser Art in ganz unbe-
gränztem Maße huldigen. — Der Schlummer
nach der Sabbatkugel ist eine Thatsache, die die
physiologische Chemie selbst mit Hülfe des all-

vermögenden Stoffwechsels anstaunen, aber nicht begründen kann.

Wenn wir hiernach sagen: die K'hilla schläft, so bitten wir dies als Bestätigung allgemeinen Kugelgenusses wie eine unleugbare Thatsache hinzunehmen. Selbst der glückselige Reb Chaim konnte dem Zauber zweier Kugeln auf seinem Tisch bald nach dem Tischgebet nicht mehr Wi= derstand leisten. Sein alter Kopf liegt auf dem aufgeschlagenen dicken Folianten, „in dem Alles steht". Gegenwärtig hat sich sogar sein Käppel= chen etwas verschoben und sich viel ungezwun= gener in den Text des Sch'loh hackodausch hinein= gestellt, als all die andern Dinge, die Reb Chaim sonst hineinzustellen versuchte.

———

Auch die Liebe widersteht dem allgemeinen Zauber nicht ganz. Sie schläft nicht, aber sie träumet, wie es denn von ihr im hohen Liede [1] heißt: „Ich schlafe, aber es wacht mein Herz!" —

———

1) Hohes Lied Salomonis 5. 2.

Begreift Ihr den lieben Vers nicht, o so habt Ihr nimmer geschlafen mit wachem Herzen, so habt Ihr nie geliebt, nie geträumt!

Wollet Ihr aber den Sinn fassen, so sehet zwei Traumgebilde!

Der Zempelburger sitzt im Stuhl. Er hat um Golde, die neben ihm steht, den Arm geschlungen. Sie aber, sie lehnt sich nur leicht an seine Schulter, sie steht so sicher, so vertrauend und doch so gehoben, als wäre der Vers[1] nur auf sie gedichtet: „Wer ist sie, die emporsteigt aus der Wüste, lehnend an den Geliebten?"

Und Vögele? — Sie spricht nicht; auch nicht ein einzig Wort! Sie sitzt im Stuhl am niedrigen Fenster, und auf einem Bänkchen zu ihren Füßen ruht, liegt der Kosminer, den Kopf an ihren Schooß gelehnt. Ihre Hände kühlen sein glühend Angesicht und die Finger wühlen zuweilen in seinen Löckchen. Die Augen Beider hangen aneinander. Es spricht das seine: „Du

---

1) Hohes Lied Salomonis 8. 5.

haft mich entherzt mit einem Deiner Blicke¹)"; und das ihre erwiedert: „O, lege mich wie einen Siegelring an Dein Herz, wie einen Siegelring an Deinen Arm! Denn gewaltig wie der Tod ist die Liebe²)!"

Auch der gute Reb Chaim sieht auf einen Augenblick das Traumgebilde. Er erhebt das Haupt von seinem Sch'loh hackodausch, rückt sich sein Käppelchen zurecht, wundert sich, wie doch der Wronker Vorsänger so merkwürdige Aehnlichkeit hat mit dem Zempelburger, und noch mehr, wie die Wronker Rabbinenfrau dem Kosminer Bachur ähnlich sieht; aber sein Kopf sinkt wieder auf den Sch'loh hackodausch nieder. — Schlafe ruhig, Du alter guter Freund! Ueber Deinen Kindern wacht die Seelenreinheit, der Väter Tugend, der Mütter Sitte.

Die K'hilla schläft, denn es ist Sabbat-Nachmittag; nur der gute Wachtmeister, das Auge

---

1) Hohes Lied 1. 9.  2) Daselbst 8. 6.

der Obrigkeit, wacht. Er geht jetzt über die voll=
kommen einsame Gasse, um seines Amtes willen.
Er muß den Schulklopfer wecken, weil es Zeit ist,
daß er zum Nachmittagsgebet ruft.

———

Die K'hilla wacht! Und daß sie wacht, das
zeigt erst das rege Leben im ganzen Städtchen
nach dem Gebet!

Erschütternd ist es, wenn ein gemeinsames
Mißgeschick die Massen in gemeinsamen Impul=
sen bewegt; erhebend ist es, wenn in gemeinsa=
men Geschicken ein gemeinsamer Muth die Mas=
sen belebt; und was die Gemeinsamkeit in sol=
chen Zeiten, nach solcher gelehrten Predigt und
in solcher K'hilla zu leisten vermag, das bewies
die Einmüthigkeit dieser frommen Masse, die nach
dem Gebete wie ein Mann spazieren ging.

Elender Kerkow, Du hast die Einheit der
Häuser, der Mauer, des Thores, des Eiruws
zertrümmert; die Einheit der Seelen spottet
Dein! Du triumphirst über Tabacksdosen, die
daheim bleiben müssen; die Schnupftücher aber

sind einmüthig jetzt und sprechen, ein Glaubens-
gurt um jede Lende, Deinem Frevel Hohn!

Und wie machtvoll eine Gemeinsamkeit ist!
Nie, nie würde die Welt geahnt haben, daß eine
K'hilla so viel Schnupftücher überhaupt habe!
Mann und Weib, Jüngling und Jungfrau, Kind
und Säugling, Niemand bleibt daheim, dem
Bösewicht zum Trotz; und Jedes hat ein Schnupftuch um den Leib, zum Hohn des Frevels. Selbst
Leeser Schlapp, Jahr aus Jahr ein ein abgesagter
Feind aller Tücher, heute hat er sich von seiner
intimsten Freundin Efter-Malke-Jüdels eines
geliehen; — denn sie ist eine wackere Frau, sie
wirft ihm regelmäßig beide Pantoffel an den
Kopf, ehe er noch dazu kommt, ihr seinen einzigen zu verehren! — Siehe, er trägt, wie ein
Ritter im Turnier, die Farbe seiner Dame, ein
rothes Tuch von ihrem Kopfbund, als Gürtel
um seinen Wamms.

Nicht wie gestern im Sturm wilder Aufregung, nein, mit Sabbat-Behagen und im
Sabbat-Schritt sieht die niedersteigende Sonne

eine Gemeinde dahin wallen, heerdenweise, grup=
penweise, familienweise, wohlgeordnet. Umgür=
tete Männer, umgürtete Frauen, umgürtete Kin=
der, soviel das in einhundertundsiebzehn Einzel=
Territorien zersprengte Städtchen nur aus den
Häusern treiben kann.

Da — so ist es in einer guten frommen
K'hilla — geschieht auch noch ein Wunder im
Angesicht der lichtigen Sabbat=Sonne!

Eine große Gruppe der Spaziergänger wan=
dert eben vorüber dem Hause des Reb Re=
phoel Baal=Neß, des Enkels jenes großen Wun=
derthäters, der der Kuh Meister wurde, die da
that gleich den Thaten Kerkow's. Reb Rephoel
lebt abgeschlossen wie ein Wunderthäter in seinem
Häuschen. Er war bei der Wahl des Rabbi
sein heftiger Gegner; er ist jetzt sein Gegner
nicht, sein Freund nicht; er hat sich zurück=
gezogen, wehklagend über die immer schlechter
werdende Welt und fastet die halbe Woche
und berechnet aus dem Sohar¹) die Tage

_____
1) Ein Hauptwerk jüdischer Mystik.

des Messias. An seinem Häuschen gehen heimliche Anhänger seines Namens — als Gegner des Rabbi wollen sie nicht gelten — mit stiller Andacht vorüber und mit Ehrfurcht selbst die unbedingtesten Verehrer des Reb Iz= chak Reb Simcha's. Mit wahrhafter Furcht je= doch blicken die Kinder auf die Thür; denn von dem Wunderthäter haben Alle, Alle gehört; ge= sehen aber haben ihn nur Wenige, sehr Wenige, wenn sie in schweren Krankheitsfällen zu ihm in's Haus getragen wurden.

Und gerade vor seiner Thür muß ein Fall eintreten, den selbst der Scharfsinn aller gelehrten Religions=Berechner nicht voraussehen konnte.

Eine Mutter — Gitel Asek's ist ihr Name — geht an der Seite ihres Gatten — Asek Gitel's ist der seine, — sie, das Schnupftuch um den Leib, er das Schnuptuch um den Leib, umgeben von der ganzen großen Gruppe umgür= teter Genossen gemischten Geschlechts. Und den Eltern folgt gehorsam auf Schritt und Tritt, der kleine Gedalje, acht Jahr alt, sein Mützchen

fromm bis tief in die Ohren und Augen gedrückt
und seine Hände spielen harmlos am Knoten des
Tuches, das die gute Mutter ihm eigenhändig
um das Leibchen gebunden. Da — gerade
vor des Reb Rephoel Wunderthäters Häuschen
schreit der fromme Gedalje auf. Aller Augen
richten sich auf ihn! — Der Arme! Er hat sein
Schnupftuch fallen lassen!

Alles steht bestürzt, weicht zurück und bildet
einen weiten Kreis um den armen Knaben. Wer
darf es wagen, im Angesicht der Sabbatsonne
und im Bewußtsein des zerstörten Eiruw ein
Schnupftuch, das faktisch aufgehört hat, ein
Gürtel zu sein, von der Erde aufzuheben! Da
liegt die von Menschenhänden heute unverrück-
bare Last! Und soll sie nicht liegen bleiben, ein
Zeugniß des gestern erlebten Frevels, bis die
Sterne am Himmelszelt erscheinen, so kann nur
der gute Wachtmeister oder sonst ein Wunder der
Welt das Schnupftuch von der Stelle bringen.

Der gute Wachtmeister, er ist fern. Er be-
findet sich — sein Schnupftuch theilt ebenfalls

das allgemeine Geschick und nimmt die Stelle
seiner Säbelschärpe ein — am andern Ende des
Städtchens vor dem Hause des Frevlers Kerkow,
wo eine andere Gruppe frommer Einwohner eines
Wunders harret, das auch nicht ausbleiben wird.
Hier aber erwies sich ein Wunder, ein ächtes
Wunder, freilich erst nach einigen harten Prü-
fungen an dem kleinen Gedalje, wie das immer
zu sein pflegte.

Zuvörderst fällt die Mutter, die lebhafte
Gitel Asel's mit ihren lebhaften Armen über den
armen Gedalje her:

„Unglückseliger!" schreit sie, und ihre zwei
Hände fliegen dem Unglückseligen um die Ohren,
die er vergeblich durch zwei Ellenbogen zu schützen
sucht — „Schmach und Schande erleb' ich doch
an Dir! Vor der ganzen K'hille muß ich doch
mein Gesicht zu waschen geben Deinetwegen, Du
Schlemihl ¹) mit zerbrochenen Händen. Du ver-
kürzest mir die Jahre! Du Strafe von Gott!

---

1) Pechvogel.

' Du bist ein Unglücksmensch wie er nicht ist zu finden von Eck der Welt zu Eck der Welt! — Was schreist Du noch?" schreit sie ihn an, der unter ihren flinken Händen in der That ein Zetergeschrei erhob, das ihr Mutterherz traf; — aber in der Lebhaftigkeit ihrer Empfindungen wandte sie sich an ihren Gatten, der viel zu gelassen dem Unheil beiwohnte, und kehrte die Spitzen ihrer Aufregung gegen diesen. „Da, da! Da steht er, Dein Jung'! was Du redest Dir ein, er wird werden ein Messias; die ganze Woch' muß ich mich mit ihm herumschlagen und an dem heiligen lieben Sabbat hab' ich auch vor ihm keine Ruhe! Was stehst Du da und kuckst in die Welt hinein; siehst Du her, wie da liegt das Schnupftuch vor der ganzen K'hille, daß sich Gott im siebenten Himmel erbarmen möge! — Ach, Herr der Welt!" — Sie ergriff, an Hand und Mund erschöpft, die Appellation an die letzte Instanz und weinte zum Himmel auf: „Was hab' ich gesündigt, daß Du mich hast so hart gestraft mit einem solchen Kind!"

Unglücklich Mutterherz, verzweifle nicht! Die
Hilfe naht!

Denn siehe, es öffnet sich knarrend die Thür
von Reb Rephoel Wunderthäters Häuschen; und
an der Schwelle erscheint der Mann, vor dem
Alle ehrfurchtsvoll zurückweichen. Sein Angesicht
ist weiß, sein Bart ist weiß, sein Festtags-Mütz-
chen ist weiß, seine Unterjacke ist weiß, seine
Unterhosen sind weiß und sein Ueberwurf mit
den Schaufäden ist weiß und reicht hinab bis auf
seine Schuhe, die ebenfalls ins Weiße schimmern.
Die Gruppe schweigt, die Mutter schweigt, selbst
Gedalje schweigt und der Wunderthäter schweigt
und geht geradeswegs auf den Knaben los, der
schlotternden Gebeines vor Schreck nicht von der
Stelle kann. — Da berührt die knochige Hand
des Wunderthäters den Nacken Gedalje's und der
Knabe sinkt zusammen und fällt mit dem Rücken
zur Erde und in sein Schnupftuch hinein. Und
die zwei Hände des Wunderthäters ergreifen die
zwei Zipfel des Schnupftuches und schweigend
bindet er sie vorn an der Brust Gedalje's zu-

sammen, und wieder greift seine Hand an den
Nacken Gedalje's und siehe der Knabe richtet sich
auf, schlotternden Gebeines zwar, aber er steht,
und der Leibgurt ist um seine Lenden.

Ein Schrei des Entzückens wollte eben aus
der Brust aller Anwesenden stürzen, — denn
aller Augen haben das Unglaubliche gesehen, —
aber der Wunderthäter steht aufgerichtet, seine
Hand winkt, das Volk verstummt und er spricht
mit tiefer hohler Stimme:

„Hütet Euch und nehmt es zu Herzen, was
da gesehen haben Eure Augen! Das ist eine neue
Gesetzentscheidung: wie man darf aufheben
ein Schnupftuch! Und das steht noch nicht
eingeschrieben in die heiligen Bücher, aber man
wird es einschreiben! Und das weiß nicht
jeder Rabbi!"

Mit diesen bedeutungsvollen Worten kehrte
er sich um, ging in sein Haus und ward nicht
mehr gesehen!

Die Worte hatten Alle, die Schlußworte aber
mit ihrer tiefen Anspielung, vornehmlich die An=

hänger des Rabbi Reb Jizchak Reb Simcha's,
so sehr erschüttert, daß das Schweigen noch anhielt; allein ein volles Mutterherz kann der
Wonne jubelnder Empfindung nicht Widerstand
leisten. Die weinende Gitel Asek's stürzte mit
ausgebreiteten Armen auf ihr Kind los, das in
einem grausamen Mißverständniß des Instinkts
wieder beide Ellenbogen über die Ohren erhob;
umarmte dasselbe in Entzücken und schrie laut:
„Gedalje leben, mein gesegnet Kind, Du bist doch
meine Krone, mein Trost in meinen trüben Tagen.
Es ist doch ein Wunder an Dir geschehen, was
noch kein Rabbi weiß! Wir sind doch des Glückes
gewürdigt" — schrie sie ihren Mann an — „daß
an unser lichtig Kind ist entdeckt worden ein ganz
neues Gesetz! Die Welt wird uns doch beneiden,
so lang' wie sie stehen wird! — Was stehst Du
so da, warum läufst Du nicht in Schul' und
sprichst den Dank dafür öffentlich aus?! Herr
der Welt, welch eine Gnade hast Du mir da an-
gethan mit dem Kind. Es wird doch werden
eingeschrieben in ein heiliges Buch und mein

Kind und mein Mann und ich werden doch haben das Glück auf dieser Welt und auf jener Welt, daß die Gelehrten sich werden wundern und werden disputiren über unser Schnupftuch, wie über alles andere, was ist eingeschrieben in Deine heilige liebe Thora und in Deine heiligen Bücher." — Und sie herzte ihr Kind und weinte Thränen höchsten Mutterglücks.

Ja, gute Gitel Afel's! Dein ahnend Mutter= herz hat Dich nicht getäuscht! — Gehet hin, ver= kündet's ihr, daß sie, ihr Kind, ihr Mann und das Wunder nunmehr eingeschrieben stehen ge= treulich in dieses gute Buch, und daß nunmehr alle Gelehrten darüber disputiren können.

—————

Noch hatte die Aufregung über das erlebte Wunder nicht hinreichende Zeit gefunden, sich vollständig unter den Versammelten kundzugeben, als bereits von dem andern Ende der K'hilla her ein Ereigniß angekündigt wurde, das noch wunderbarer schien.

„Die Schlange hat ihn schon gebissen!"
So lautete ein Gerücht von Kerkow's Haus her.
Aber es war nur ein Gerücht. Als die ver=
zweigten Ströme der Spaziergänger sich vor dem
Hause Kerkow's sammelten, ergab es sich, daß
es noch keinesweges so weit mit ihm sei.

Es war weder im Haus, noch im Hof, noch
in seinem Garten etwas von ihm zu finden.
Aber der gute Wachtmeister hatte ein beschrie=
benes Blatt in der Hand, das Kerkow an ihn
gerichtet, und das er der versammelten Gemeinde
vorlas, nur von Leeser Schlapp's Bemerkungen
unterbrochen, die sich wie ein vorzüglicher Com=
mentar sehr enge dem Text des Schreibers an=
schlossen.

Das Schriftstück von Kerkow lautete:

„Wachtmeister, ich will nicht mehr unter den
Juden leben!"

„Mag er umkommen unter den Gojim¹)",
bemerkte Leeser Schlapp.

---

1) Nicht=Juden.

„Ich bin erst siebenundzwanzig Jahr alt."

„Nimmer älter soll er werden!" paraphrasirte Leeser.

„Ich wand're aus!"

„Laß' er gehn zu der Schlang', dann braucht sie nicht in die K'hilla hereinzukommen!"

„Ich will nicht mehr Grobschmied, auch nicht Schlosser, auch nicht Uhrmacher sein, ich will noch was ganz anders werden."

„Ein schönes Sühnopfer kann er werden!"

„In England baut man einen Wagen mit einem Schornstein, wo man kein Pferd zu braucht. Das muß ich auch lernen!"

„Auf Hexerei will er sich auch noch legen."

„Verkauft mein Haus an die K'hilla für 150 Thaler, dann könnt Ihr Euch zehn Thaler behalten und schickt mir das übrige, wohin ich Euch schreiben werde."

„Schickt's ihm in die Hölle."

„Sagt der K'hilla, ich bin gar nicht so boshaft. Lebt wohl, Euer Kerkow."

„Ausgelöscht werde sein Name!" schloß Leeser.

„Ich meine“, schrie er, „die Schlang' hat ihm
schon einen Biß gegeben!  Davon ist er verrückt
geworden und läuft in alle wilde Wälder, wo
die bösen Geister und die Schlangen wohnen!“

Auf diesen Ausspruch Leeser's gründete sich das
Gerücht, daß Kerkow schon den ersten Schlangen=
biß fort habe; wir wollen vorgreifend nur er=
wähnen, daß das Geschick eine edlere Rache an
ihm nahm.  Kerkows Hand war verurtheilt,
tausendfach gut zu machen, was sie verbrochen!
— Er ging in die Welt, wurde wirklich Locomo=
tivführer, später warf er sich auf die Mechanik
und jetzt — baut er Telegraphenleitungen, Stan=
gen mit Drähten, — lauter, lauter Eirums durch
die ganze Welt!

————

Die untergehende Sabbatsonne sah der
Spaziergänger sehr viele, die sich lebhaft von
den großen Ereignissen des Tages unterhielten.
Unter diesen wanderten auch Golde und Bögele
Arm in Arm in tiefem Gespräch; und fern von

beiden der Zempelburger und der Rosminer in
eifriger Unterhaltung.

„Golde Herz", sagte Vögele in ihrer Lebhaftigkeit, „ein Stück von meinem Leben schenkte
ich darum, wenn ich Deine fromme Ruhe hätte!
Sieh' nur, in mir flackert's immerfort. Ich
möcht' immer und immer wissen, was er denkt
und was er sagt und was er da so mit seinem Händchen beweist und über was er da so disputirt mit
seinem Köpfchen und mit seinen Löckchen und
mit seinem blitzenden Verstand. — Warum ist
Dir gar nicht so?"

„Ich weiß nicht!" sagte Golde träumerisch
vor sich hin. „Ich meine immer, daß ich ihn
lieber hab', wenn ich gar nicht all' die Gelehrsamkeit fassen kann, die so ein feiner Bachur her-
auslernt aus all' den guten Büchern."

„Lieber?!" fuhr Vögele auf, „lieber haben,
was ich nicht versteh'?! Sieh', Golde, wenn ich
nicht wüßte, wie Du Deinen Zempelburger mit
Deinem ganzen frommen Herzen und mit Deiner
ganzen guten Seele lieb hast, ich möcht's gar

nicht glauben. Ich kann gar nicht lieb haben,
was ich nicht ganz klar seh' und hör' und weiß
und hab'! Dann ist es doch gar nicht so mein,
mein! so ganz mein!" Und hierbei preßte Vögele
ihre Hand voll Leidenschaft an ihren Busen.

Golde schwieg eine ganze Weile, dann aber
sprach sie, so ruhig und so hold, als ob die heftigste
Liebe in ihr nie zur Leidenschaft werden könnte:
"Vögelchen, mein Herz, verstehst Du denn unsern
lieben Gott in seinem siebenten Himmel und all
sein Werk in der Höhe und in der Tiefe, kann
ihn denn ein Auge sehen, und ein Ohr hören und
ein Verstand messen; und doch haben wir ihn so
lieb und so ganz lieb und sagen alltäglich im Ge=
bet: das ist mein Gott, der da ist mein und
meine Seele ist Sein!"

Vögele stand betroffen still und nöthigte die
Schwester ebenfalls im Gang anzuhalten. Dann
zog sie dieselbe bei Seite, wo kein Auge die Schwe=
stern beobachten konnte, und hier fiel Vögele der
Schwester um den Hals und küßte sie und weinte
an ihrem Herzen. "Golde, Golde Herz!" rief

sie, „hör' zu, was ich Dir sag'. Du bist schö=
ner wie ich! Das weiß die Welt! Du bist
besser wie ich; das hab' ich immer gewußt!
Du bist aber auch klüger wie ich! Davon kann
ich sagen wie Abraham unser Ahn [1]): „Siehe,
nun erst weiß ich es!"

„Ich weiß es nicht, liebe Schwester!" sagte
Golde. Es war in ihrem Wesen nicht, ihren
Werth gegen den Anderer zu messen.

Bägele aber fuhr bewegt fort: „Deine Seele
ist wie Dein Name, wie Gold so rein, so fest und
so weich und so ohne Sprenkelchen Falsch. —
Ich, meine gute Schwester, meine Seele ist nur
ein Bögelchen, das fliegt auf, einmal in die
Sonne und einmal in den Schatten, und auf einen
Baum und an ein Wasser, und springt ein Bis=
chen und singt ein Bischen und luckt in sein Nest
und luckt in die Welt, bis es flattert mitten in
ein Netz hinein, wo es fest sitzt und gar nicht ab
kann. — Ach, frommes Golde Herz, faß' nur

---

[1]) 1. Mof. 12, 1t.

da her, und sieh' wie das da flattert und gar nicht ruhen will!"

Das arme Kind! Sie preßte die Hand der Schwester an ihr pochendes Herz!

Golde wurde fast beängstigt von dem Wogen, das ihre Hand fühlte, dann aber sah sie wieder ruhigen Blickes in das Auge Vögele's und sagte: „Schalkhaftig Vögelchen! Schmähe Dich doch nicht! Bleib nur, wie Gott, gelobt sei er, Dich gemacht hat und Du bist viel, viel besser wie Du meinst und wie Du sagst."

Und so ist es auch!

– –

Anderer Art war das Gespräch zwischen dem Zempelburger und dem Kosminer.

„Mich", sagte der Zempelburger, „treibt es fort aus der K'hilla und aus der Talmudschule, ich will ein ordentlicher Lehrer werden, mein Examen ordentlich machen und meine Golde heimführen, um der frommen Seele ein Leben in der Stille zu bereiten, wie sie es verdient. Sie wird beglückt werden, und ich bin es!"

„Und ich" — sagte der Kosminer — „ich ringe mit mir, und weiß gar nicht, wie ich solch' ein Wesen verdienen soll. Ich möcht' ein Stück der Welt erobern, um es ihr zu geben. Nicht lernen mehr möchte ich!" rief er voll Leidenschaft, „und wenn ich die gesammte Gelehrtheit habe, bin ich doch nicht, was sie ist. Thun, schaffen muß ich etwas, was ihr Herz erfaßt und was sie hinstellt so frei und so ganz vor alle Welt, wie sie es verdient!"

Der Zempelburger blickte besorgt auf seinen Freund; dann faßte er dessen Hand und sagte zu ihm: „Vögelchen selber wird am richtigsten sagen, was Du beginnen sollst. Auf sie kannst Du Dich verlassen!"

Die Sabbat-Sonne war längst untergegangen und es kamen die Sterne der Woche heraus am Himmel. Die Männer trennten sich von den Frauen. Jene, um einen herrlichen Psalm Davids, diese um das Frauen-Lied zu singen:

Gott von Abraham, Isaak und Jacob,
Behüt' Dein Volk Israel in Deinem Lob

Die sieben Täg', daß sie uns bekommen
Zu Heil und Gut und allem Frommen.

Der liebe heil'ge Sabbat geht dahin u. s. w.

Und der liebe heil'ge Sabbat war dahin-
gegangen.

In der mondhellen Nacht trat der Kosminer
in einer Pause nach dem eben verrichteten Mitter-
nachts-Gebet heraus aus dem Beshamidrasch;
der Zempelburger folgte ihm.

„Sieh'," sagte der Kosminer und deutete auf
das Fensterchen der Mitwe, „sie haben schon ihr
Lämpchen ausgelöscht."

„Sie wachen aber noch im Mondenschein." —
Sie gingen vorüber.

„Was machst Du da?" fragte der Zempelburger.

Der Kosminer hatte Kotzebue's Verzweiflung aus der Tasche gezogen und zerriß die Blätter in kleine Fetzen.

„Ich will das nur in alle Winde zerstreuen,"

sagte er, „das sind ganz leere Reden, das weiß
ich erst jetzt, wo mein Herz voll geworden ist."

Er warf die Fetzen in den Wind. „Ich weiß
gar nicht, wie ich das hab' bei mir tragen können
über den Sabbat ohne Eiruw", lächelte er.

Und die Fetzen flogen hin vom Winde getragen über Dächer und um Schornsteine und an
Zäunen und über die Gasse, ein Paar wirbelten
um die heilige liebe Schul' herum und jagten davon, und ein größeres Stück Verzweiflung tanzte
ganz lustig mitten auf dem Markt, wie das nur
ein so gemachtes Stück Verzweiflung zu Stande
bringen kann.

Die Bachurim lachten dazu, drückten sich die
Hände und gingen wieder in's Beshamidrasch.

Und es war, wie der Zempelburger gesagt
hatte. In der Mitwe wachten die Schwestern
noch. Golde lag in ihrem Bette; Vögele war
aus dem ihrigen gestiegen und hatte sich auf das
Bett der Schwester gesetzt.

„Ich kann gar nicht mehr schlafen, liebe

Golde!" sagte Vögele, „mein Herz will wachen und immer wachen, und immer wachen!"

Golde setzte sich im Bette auf und nahm die Schwester in den Arm.

„Golde Herz," sagte Vögele, die sich wie ein Kind an sie schmiegte, „Golde Herz, hast Du unsre liebe gute Mutter, Friede sei mit ihr, gekannt?"

Nach einer Weile sagte Golde: „Gekannt?! — Ich glaub', man kennt die Mutter erst, wenn man Mutter ist!"

„Hast Du sie denn so recht gesehen?" fragte Vögele nach einer Weile.

„Ja!" sagte Golde mit tiefer Regung, „so recht hab' ich sie gesehen! Nicht wie man sieht ein Menschenangesicht! Nein, „„so wie man sieht ein Angesicht des Engels"" und man weiß und weiß wieder nicht wie das aussieht!"

Und beide Kinder weinten.

Nach einer Weile fragte Vögele leise: „Golde Herz, sag' mir nur, war das Recht, daß der Kosminer heut meinen Mund geküßt?"

„Es war kein Unrecht!“ sagte Golde ruhig.

„Und gestern“, rief Vögele leidenschaftlich, „hab’ ich ihn gar zuerst umhalst und ihn geküßt! War es kein Unrecht, Golde Herz?“

„Es war kein Unrecht! Schwester!“ antwortete Golde ruhig.

Vögele barg sich wie ein Kind an den vollen Busen der Schwester. Nach einer Weile richtete sie sich auf.

„Golde Herz!“ rief sie, „und Deine reinen Lippen haben das noch nicht gekostet!“

Golde schwieg; und Vögele mißverstand dieses Schweigen der Schonung nicht.

„Golde Herz“, rief sie „haft Du denn noch nicht verstanden den flammenden Vers

„O, küßte er mich Küsse seines Mundes!“ [1]

„Lieb Vögele“, sagte Golde und drückte die Hand der Schwester an ihr Herz: „ich versteh’ ihn!“

„Und warum h a t er Dich noch nicht geküßt!“

---

1) Hohes-Lied 1. 2.

„Weil er Recht hat!"

„Und wenn er Dich hätt' gefaßt und hätt' Dich geküßt!" fiel Vögele ein.

Golde nahm beide Hände an ihren Busen und lächelte und sprach: „Er hätte auch dann Recht!"

Und wieder lagen die Schwestern Brust an Brust.

Nach einer ganzen Weile, während sie beide den Tönen aus dem Beshamirrasch gehorcht hatten, sagte Golde:

„Komm', Vögele lieb, laß uns nicht so herumfliegen mit unsern Gedanken an dieser Nacht nach dem Sabbat wie nichts Rechts, leg Dich da bei mir, ich sing' Dir auch den Psalm=Vers „von Gottes Huld"[1] sieben mal und dann schläfst Du ein!?" —

Vögele gehorchte wie ein Kind, und Golde sang mit ihrer vollen tiefen Stimme in ganz eig=

---

[1] Psalm 90. 17. der beim Nachtgebet gesprochen wird.

ner, eigner Art, wie sie vor keinem, keinem Men=
schen singen kann:

„Und Gottes Huld komm' auf uns herab!
— Und unser Händewerk richte Du auf hoch
über uns, und unser Händewerk richte und baue
Du es auf!"

Sie sang es siebenmal, immer anders, immer
eigenthümlicher, immer tiefer, immer seelenvoller.
Dann horchte sie, stieg behutsam aus ihrem
Bette, um Vögele nicht zu wecken und legte sich
auf deren Lager zur Ruhe. —

Heilige Golde!

———

Vier Wochen nach diesen Begebenheiten, und
es war am vierten Halbfeiertage des Hütten=
festes, da saß Reb Chaim des Maggids in seiner
Laubhütte und richtete an den Sch'loh hackobausch
wiederum die wichtige Frage wegen der Pacht;
denn der liebste Gast der Mikwe war noch nicht
wieder erschienen. Der gute Sch'loh hackobausch
schien um die Antwort in einiger Verlegenheit,
aber es dauerte nicht lange; denn die schwarze

Esere kam und legte einen harten Thaler auf den Schloß und bestellte, daß Täubchen bitten lasse, es möchten doch die Mädchen zu ihr kommen.

Der gute Reb Chaim! er nahm den Thaler von dem Folianten mit einer Andacht herab, als käme er direkt, eine höchst befriedigende Antwort auf die gestellte Frage, aus der heiligen Hand seines heiligsten Schutzgeistes. Er stand auf und bestellte den Kindern, was ihnen Täubchen Reb Noach Brall's sagen ließ.

Was war doch den lieben Kindern? — Sie lächelten, errötheten, sahen sich an, wurden ganz roth, lachten, schlugen in die Hände, fielen sich in die Arme, küßten sich, weinten, sahen sich nochmals an, küßten sich und lachten und sprangen und tanzten gar in dem Stübchen herum, daß alle an ihren Dochten aufgehängten frisch gezogenen Lichte für die heutige Festnacht des großen Hosiannah mit zu tanzen anfingen, als ahnten sie auch, was Gott, gelobt sei er, gethan hat an der liebherzigen Täubchen Reb Noach Brall's.

Golde hielt zuerst inne und faltete die Hände:

„Mir sagt's mein Herz, es ist erhört ihr Gebet! Aber laß uns still sein und hoffen auf Gott, denn er thut es!"

Vögele aber rief: „Nein, Golde Herz, es ist! es ist! Wie die beglückte Mutter Hannah ruf' ich aus für unser Täubchen: „Es frohlockt mein Herz in Gott, es jauchzt meine Seele in ihm [1])!" und wieder klatschte sie in die Hände und tanzte mit ihrem Schemel in dem Stübchen herum, bis sie erschöpft inne halten mußte.

„Komm, Vögelchen," sagte Golde, „laß uns gehen; aber laß uns ganz ruhig hintreten vor unsere gute Beschützerin und Helferin."

Und doch blieben die Angesichter so leuchtend, als sie über die Gasse gingen, daß der Zempelburger und der Kosminer, die sie vom Fenster des Beshamidrasch aus beobachteten, ganz geblendet waren, und Reb Noach, der sie von ferne kommen sah, zu Täubchen sagte: „Da kommen die Kinder an mit Gesichtchen wie Engel, welche gute Botschaft bringen!"

1) 1. Samuel 2. 1.

Und wie ein Engel guter Botschaften stand in lichter Röthe auch die stattliche Täubchen da; und als sie die beiden Mädchen mit beiden Händen hielt und Reb Noach sie so zu Dreien sah, da wurde ihm so warm um das Herz, wie am Tage, da Abraham gesessen im Eingang seines Gezeltes.

Täubchen nahm beide Schwestern an ihr Herz und stand lange so; Reb Noach ward es, als müßte er, wie Abraham vor den Engeln [1]), sich vor ihnen bücken zur Erde.

Endlich lächelte Täubchen und sprach munter: „Du, Maggid! was kucken Deine Augen mir so tief in mein Herz hinein! Und Du, Golde Herz, schlagst die Augen nieder! Ich hab' Euch gerufen, daß sich mein Herz soll heut baden in Eurer Lieblichkeit, liebherzige Kinder!" Und Täubchens Angesicht ward dabei wieder umflossen von dem züchtigen Leuchten der eignen Lieblichkeit.

Nach einer Pause trat Reb Noach zu den

---

1) 1. Mos. 18. 1.

Dreien und sprach mit seiner festen sichern Stimme, als wollte er sich selbst ermuntern: „Täubchen leben, ich hab' Dir die Kinder kommen lassen, daß Du sollst mit ihnen fröhlich plaudern, wie es Dein Herz begehrt. Vorerst aber laß Golde bei Dir bleiben und ich will mit Vögelche meinen Text ganz allein abreden." Er nahm Vögele's Hand.

„Laß sie mir noch ein Bischen," bat Täub= chen und lächelte ihren Liebling an. — Vögele aber raunte ihr halblaut zu: „Das ist das Lachen, wonach ich hab' geblickt in Euer Herz hinein, das Lachen, was Gott gemacht hat unserer Ael= termutter Sarah. Nun geh ich mit Eurem Mann und ruf' Euch zu frohlockend: „Ich komm zurück zu Euch!" [1]) — und mit heiterm Blick folgte sie Reb Noach in das Nebenzimmer.

Hier ließ sich Reb Noach in seinen Lehnstuhl am Tisch nieder und zog einen zweiten Stuhl an denselben. „Setz' Dich! setz' Dich! Du Mag=

---

[1]) Worte des Engels, welcher Sarah den Mutter= segen verheißt. (I. Mos. 18. 10.)

gib! ich will mit Dir da kurz und scharf reden!"
sagte er mit einer Lebhaftigkeit, die mit seinem
sonstigen, etwas steifen und förmlichen Wesen
keineswegs stimmte.

„Ich steh gern vor Euch!" sagte Vögele mit
Ruhe; aber in ihrem Gesichte und in ihren Au=
gen spielte ein ganzes Heer von Plänen und Ge=
danken durcheinander; und all das regte sich nur
noch lebendiger und strahlender, als sie mit ei=
nem flüchtigen Blick durch's Fenster den Zempel=
burger und den Kosminer drüben in der Gasse
langsam dahin wandernd bemerkte.

„Maßßid!" sagte Reb Noach, der ihr Gesicht
beobachtete. „Ich meine, Du weißt schon Alles,
was ich Dir da zu sagen hab'."

„Ich weiß nur," sagte Vögele mit der ganzen
Bewegtheit ihres Wesens, „was ich Euch zu sa=
gen hab', Reb Noach!"

Reb Noach schüttelte verwundert den Kopf
und sagte: „Nun! gut! red' Du!"

Vögele aber fuhr mit Sanftheit und Be=
stimmtheit fort: „Was ich weiß und Euch zu

sagen hab', ist: Ich geh nicht früher aus Eurem Haus, bis Gott geschickt hat das Heil, daß „jedweblicher, der es hört, frohlocken wird mit uns [1])!"

Reb Noach schlug mit beiden Händen so kräftig auf den Tisch, daß Täubchen und Golde herbei eilten.

„Täubchen leben!" rief er, „meinst Du, ich hab' dem Maggid gesagt, was ich will und daß der Kreisdoktor auch gesagt hat, wir sollen sie zu uns ins Haus nehmen? So wahr soll Gott — gelobt sei er — uns unser Glück bescheeren, ich hab' kein Wort gesagt und sie hat alles schon gewußt!"

Vögele aber fuhr sanft und heiter fort, als ob sie gar nicht unterbrochen worden wäre: „Ich werde Euch dienen, wie eine Magd, und an Euch thun wie eine Tochter, und Euer Sorg' tragen, wie das Herz von einer Mutter, und ich will lachen durch den ganzen Tag, und ich will sinnen

---

1) 1. Mos. 21. 6.

für Euch durch die ganze Nacht. Und ich werd'
machen, daß die Monate werden hingehen und
Ihr wie Jakob unser Ahn sagen werdet, sie sind
„wie ein Paar einzelne Tage"! — Und Golde,
meine heilige Golde," hier faßte sie die Hand der
Schwester, „sie wird arbeiten daheim doppelt wie
sonst, und wird wachen daheim in der Nacht dop=
pelt wie sonst, und wird für Euch beten zu Gott,
doppelt wie sonst. Und Gott — gelobt sei er —
wird uns Alle beisammen erhören, wie er geredet
hat: „Und ich werd' begnaden, wen ich lieb
habe."

„Aber Reb Noach Brall!" fuhr Vögele mit
noch sanfterer Stimme fort. „Ich bitt Euch!
Es hat ausgedacht mein Herz eine gute Sache;
darum höret mich an, und höret ganz an, was
ich thu' reden!"

Sie hielt inne und lehnte sich an Golde, die,
das Haupt gesenkt, neben ihr stand.

„Red, red, Du herziger Maggid," sagte Reb
Noach! „Täubchen leben," fügte er nach einer
Pause hinzu, „setz Du Dich da neben mich her;

und jetzund red und red nur luſtig und red be=
hendig, wie es mein Täubchen hören mag!"

Vögele fühlte, wie ein leiſes Zittern durch
die zarte Seele Golde's zog. Sie blickte auf
Täubchen und ſah die Rührung ihres ganzen
Weſens in ihrem Antlitz, und mit einer leichten
Wendung ihres Kopfes ſchüttelte ſie plötzlich all
die ſanfte Feierlichkeit, mit der ſie bisher geſpro=
chen, von ſich ab und hob nach einer kleinen Pauſe
im heiterſten Tone ihrer Schalkhaftigkeit alſo an:

„Reb Noach, ich will Euch eine Gelehrten=
Frage vorlegen: Warum hebt die heilige Schrift
Gottes an mit den Worten: „Bereſchit", d. h.
„Am Anfang" und warum endet ſie nicht mit dem
Wort „Tachliß?"¹)"

„Täubchen leben!" lachte der Gefragte:

----

1) Das Wort „Tachliß" eigentlich „Ende", bedeutet
zugleich Zweck, Endzweck oder richtiger noch: prak=
tiſches Ziel. In dieſem letztern Sinn wird es rede=
weiſe am häufigſten gebraucht und muß auch ſo in der fol=
genden Rede Vögele's verſtanden werden, die eine „Tach=
liß=deroſchoh", das heißt, einen auf praktiſche Ziele hin=
lenkenden Gelehrten=Vortrag halten will.

„Hör' nur den Maggib! das wird doch da eine
ganze Deroschoh ¹), wo sie uns Alle mit einander
hineinstellt in den Text!"

„Soll ich leben!" rief Vögele, „ich stell'
Euch und Euer geliebt Täubchen, und Euer Haus,
und uns beide Schwestern, und die zwei Bachurim dort, und unsere Mitwe und alle, alle K'hilla-
Kinder, und die Frankfurter Messe und die schöne
Stadt Berlin und ein ganz Stückchen Welt hinein in meinen Text!"

Reb Noach klatschte vor Lachen auf seinen
Knieen und Täubchen rollten die Thränen aus
den Augen; denn solch ausgelassene Lustigkeit hatte
sie bei ihrem Manne lange lange Jahre nicht
gesehen.

Selbst Golde lächelte und überwand für einen Augenblick das Gefühl der Furcht, daß das
Genie ihrer Schwester hier schon über die Grenzen des Schicklichen hinausstreife.

Vögele aber stand so fest und so ruhig da

---

1) Gelehrter Vortrag.

und in ihren Augen blitzte hinter aller Schalk=
haftigkeit eine solche lebendige Regung ernster
Gedanken, daß sie die Stimmung wieder voll=
kommen beherrschte, als sie nach einer Weile mit
ihrer sanften Heiterkeit begann.

„Unsere heilige, liebe Schrift ist gerecht wie
Gott, gelobt sei er, gerecht ist, der sie hat ge=
geben. Sie will uns sündige Menschen lehren
was wir zu thun haben; und darum sagt sie
also: „Im Anfang halte Dich zu mir, da stehe ich
für Dich da; denn ich heb an vom „Anfang“ und:
der Anfang aller Weisheit ist Gottesfurcht 1). —
Tachliß aber, Ende, Zweck, praktisches Ziel mußt
Du nicht bei mir suchen. Ich will nicht sein ein
„„Spaten, um damit zu graben 2).““ Willst
Du Tachliß suchen, Du Mensch, da mußt Du Dir
allein helfen!“

„Ein fein Wörtchen!“ rief Reb Noach in
vollstem Ernst. Vögele aber fuhr fort „und da=
rum will ich reden vom Tachliß.“

_____

1) Psalm 111. 10.   2) Sprüche der Väter 4. 5.

„Red', red', Du lieb Kind," fügte Reb Noach hinzu, als sie einen Augenblick eine Pause machte.

„Vor funfzehn Jahren," begann Vögele ruhig wieder, „hat man geschlossen die Schule von Reb Chaim des Maggid's. Und die K'hilla hat aufgebaut ein Beshamidrasch und hat sich genommen einen guten Rabbi und es lernen darin die Bachurim gar mächtig Gottes Wort bei Tag und bei Nacht. Aber die heilige liebe Gotteslehre ist gut im „Anfang" und will nicht sein „Tachliß"! — Hab' ich Recht, Reb Noach?"

Reb Noach wiegte noch etwas zweifelhaft den Kopf. Vögele fuhr fort:

„Und da gehen herum die Kinder von der K'hilla, Jüngelchen und Mäden, und haben keine jüdische Schule und keine deutsche Schule, wie es sich gehört, und lernen nichts für d i e Welt und nichts für j e n e Welt! Das ist auch kein Tachliß!"

„Wahrheit, Wahrheit, Wahrheit!" rief Reb Noach!

„Und an der Mikwe hat sich ein Wunder be-
wiesen, daß sie ist nicht abgebrannt und es wohnt
in ihr Reb Chaim des Maggid's mit seinen zwei
Mäden.   Wie lang aber wird es dauern, und es
wird noch ein größer Wunder sein, wenn das
Haus über einander fällt und Gott wird Reb
Chaim und seine Kinder retten, daß sie wer-
den herauskommen mit dem Stückchen Leben!
Nicht wahr, Reb Noach, das ist auch kein groß
Tachliß!"

„Sie ist gerecht, wie Gott gerecht ist!" sagte
dieser.

„Zwei Bachurim," fuhr Vögele mit beweg-
terer Stimme fort: „gehen ein und aus in dem
Beshamidrasch, und Gott, gelobt sei er, hat es gemacht, daß die zwei Mäden von Reb Chaim des
Maggid's fanden Wohlgefallen in ihren Augen.
Der eine Bachur, der ein großer Gelehrter ist, hat
geworfen sein Aug auf meine liebherzige Golde,
und es „hängt ihr Gemüth an seinem Gemüth!"
— Und da ist das andere Bachurchen, ein Charif-

chen¹), — ein Charifchen! ach — ein Charif=
chen! fag ich."

Vögele hielt inne und bewegte ihre zwei Arme
mit einem Entzücken durch die Luft, daß es ausfah
als ob fie diefelben wie zwei Flügel gebrauchen
wolle, um fich zur Höhe aufzufchwingen, wohin
ihr glühend Antlitz und ihre Augen gerichtet waren.
Aber nur einen Augenblick ftand fie fo, ein Bild
der Verliebtheit und des Entzückens; im zweiten
Moment fchon hatte fie die Hände gefaltet und
fagte mit der trockenften Treuherzigkeit von der
Welt:

„Reb Noach, wenn wir noch zwanzig Jahr
für unfere Bachurim die Lichter machen, und jene
Nacht für Nacht zwanzig fchwierige Schriftftellen
im Beshamidrafch zurecht legen, dann fag ich
doch: es ift kein Tachliß und ift kein Tachliß
und ift kein Tachliß! — und für den Maggid
da ift es gar kein Tachliß!" fetzte fie mit drol=
liger Heftigkeit hinzu, und zeigte mit dem Finger
auf fich felbft.

---

¹) Ein fcharffinniger Talmudift.

„Was sagst Du zu der Mad!?" rief Reb Noach lachend, indem er sich zu Täubchen wandte. „Mir steht mein Verstand still!"

„Und nun, lieber Reb Noach," sagte sie wieder mit feierlichem Ernste, „wollen wir uns umsehen in Eurem lieben Haus! Da hat Euch Gott, gelobt sei er, gesegnet mit Gut und Ehre, und nun wird er Euch segnen, daß man ausrufen wird das Wort des Propheten Jesaias:[1]) „Jauchze, die noch nicht hat geboren! Breite aus den Ort Deines Gezeltes und die Teppiche Deiner Wohnung erweitere." Aber, lieber Reb Noach, nicht Euer Haus allein wird sich ausbreiten! Es wird sich müssen erweitern Euer Speicher und Euer Laden; denn Ihr werdet nicht mehr sprechen zu Gott, gelobt sei er, wie Abraham unser Altvater: „wozu giebst Du mirs, da ich gehe kinderlos umher?"[2]) Ihr werdet danken, daß er Gnade häuft auf Gnade und Kindersegen giebt in Vater-Mühen!"

---

1) Jesaias 54. 1. 2.   2) 1. Moses 15. 2.

„Wie schön möcht' es sein, Reb Noach, wenn
Ihr werdet bald sein, wie unsere Weisen gesagt
haben „ein Funfziger tauglich zum Rathgeben"[1]),
daß Einer noch bei Euch ist, „ein Zwanzigjähriger
zum Betrieb"[1]), der da lauft treppauf und trepp=
ab im Speicher, und der da packt und schnürt und
bindet in Eurem Laden, und schreibt und rechnet
und arbeitet, bis die Kinder werden aufgewachsen
sein „wie lichtige Bäumchen, die da sind ge=
pflanzt um Euren Tisch[2])."

„Reb Noach leben, wär das nicht ein rechter
Tachliß?"

Der würdige Mann blickte das Mädchen mit
so tiefem Sinnen und so vollem Staunen an, daß
er gar nichts sprechen konnte. Das waren ja
die ernsten Sorgen, die ihn in den letzten Nächten
beschäftigt und ihn bei all dem Jubel seiner Seele
bedenklich gemacht hatten! — Er schwieg und
schüttelte nur fortwährend den Kopf hin und her,
die Augen auf Vögele gerichtet.

---

1) Sprüche der Väter 5. 21.   2) Psalm 128. 3.

Aber wie ein Jubellächeln fuhr es über das Antlitz Vögele's und sie preßte beide Hände in einander und rief mit Innigkeit: „Es hat ausgedacht mein Herz; eine gute Sache, und das will ich Euch sagen in meiner Deroschoh und die wird sein mit Gottes Hilf ein Tachliß für Alle!" Sie hielt inne.

„Reb', Du lichtiger Maggid von Gott!" sagte Reb Noach fast demüthig: „ich höre, als wenn da möcht' reden ein Prophet, denn Du redest Gedanken aus den Winkeln meines Herzens heraus."

Eine ganze Weile blieb Vögele ruhig, dann plötzlich sagte sie mit munterer frischer Stimme: „Reb Noach leben, borgt mir Euer Fuhrwerk!"

„Was?" sagte dieser ganz erstaunt: „mein Fuhrwerk? mein Pferd und Wagen?"

„Ja!" sagte sie, „ich muß es auch hineinstellen in meinen Text."

Der barocke Sprung machte den würdigen Mann wieder so hell auflachen, daß alle die leisen Wolken der Sorge auf seinem Antlitz wie fortgewischt waren.

Vögele ließ sich gar nicht stören, sondern fuhr in dem muntern Tone fort:

„Von heut über vierzehn Tag ziehen wir heraus Pferd und Wagen aus dem Stall; denn Ihr fahret zur Messe nach Frankfurt. Und auf den Wagen setzen wir hinauf die zwei liebe Bachurim neben Euch. Und wir drei Weiber gehen mit Euch hinaus zum Geleit bis in das Wäldchen, und wenn wir Abschied genommen haben, fahret Ihr zu, und wir drei werden stehen und Euch nachsehen bis um die Ecke herum und werden Euch nachbeten: „Gott segne Euch und behüte Euch!“ [1] mit ganzem Herzen!“

„Und wenn Ihr werdet gekommen sein nach Frankfurt und dort gemacht habt Euer Geschäft zum Glück und Segen, dann sollt Ihr nehmen die zwei Bachurim an die Hand und sollet sie führen zu all den jüdischen Kaufleuten von der großen Stadt Berlin, und sollet sprechen zu diesen also: „„Es ist bekannt von Eckwelt zu Eck-

---

1) 1. Moses G. 24.

welt, daß Ihr Berliner seiet große Gojim; [1]) aber
daß Ihr habt gute, jüdische Herzen und helfet
auf allen armen jüdischen Kindern, die da kommen Jahr aus, Jahr ein zu Euch, um was Gutes
zu werden. Da habe ich den Einen Bachur,
den Zempelburger, der will werden ein guter
Lehrer; aber ein g a n z g u t e r; denn er ist ein
starker Gelehrter in allen heiligen Büchern und
er hat auch schon gelesen ganz gute schwere deutsche Bücher, wo er den Sinn ganz allein herausgefunden. — Und da ist noch ein Bachurchen, ein
Charischen, der ein Köpfchen hat, das nicht mehr
zu finden ist in der Welt; und dieser wird lernen bei Nacht alle Wissenschaften, die die nichtjüdischen Gelehrten ausgeklügt haben; und bei
Tag sollet Ihr ihn machen zu einem guten Kaufmann; denn er hat einen Verstand, daß er wird
in Einem Jahr mehr lernen, wie Ihr in sieben
Jahr! Und ihr sollet geben den Beiden „ein Stuhl
und einen Tisch und ein Bett und ein Licht und

---

1) D. h. daß sie in Rücksicht auf die ritualen Gesetze
einen nichtjüdischen Lebenswandel führen.

ein Bischen Brot zu essen und ein Gewand an-
zuziehen". Und drei Jahre sollen sie bleiben bei
Euch, und dann werden sie Euch Ehre machen
in der Welt!""

„Und, Reb Noach leben, wenn Ihr werdet
also reden aus dem Herzen, werden Eure Worte
auch hineingehen in die guten Herzen von den großen Gojim. Und die Bachurim werden sein in
Berlin drei Jahr und wir werden hier sein!"

Vögele's Stimme zitterte ein wenig; sie hielt
inne und wischte sich nach einer Weile den leisen
Hauch aus den Augen, der ihren Blick umflort
hatte.

Um so munterer aber fuhr sie fort:

„Von heut über drei Jahr kommen die zwei
Bachurim heim und finden Euer Haus gesegnet.
Und Ihr, Reb Noach, werdet erfüllen, was Ihr
gelobt habt vor Gott und werdet auftreten und
geben das erste Geld zum Bauen einer Schule
für jüdisch und für deutsch, für alle Kinder der
K'hilla; und die Schule wird man bauen zwei-
stöckig auf den Platz unsrer alten Mikwe. —

Und wenn die Welt wird sehen den Zempelbur=
ger mit seinen guten großen Attesten von der Re=
gierung und von Altenstein, wo geschrieben steht,
daß er kann sein ein guter Lehrer in der ganzen
Welt, dann wird man wissen, daß da vorhanden
ist jüdische und weltliche Gelehrsamkeit, die da
gut ist für Anfang und Ende! Und meiner
Golde's Herz wird beglückt werden ohne Ende,
daß sie ihren Lohn erhält für all' ihre Gutheit
und all ihre Frommheit und all ihre Heilig=
keit." —

Sie hielt wieder inne und preßte Golde's
Hand an ihr Herz. Dann aber fuhr sie fort:

"Und wenn ich werde gedient haben drei Jahre
in Eurem Haus, wie eine getreue Magd, die
Euch nur dienen will, wie man Gott, gelobt sei
er, dienen muß, „nicht um Lohn zu bekommen" [1])
und es wird heimkehren mein Erlöser, ein lich=
tiger Mensch mit lichtigem Herzen, und er wird
sagen: Reb Noach, Ihr seid ein „Fünfziger,"

---

1) Sprüche der Väter 1. 3.

der, wie die Väter angeschrieben haben, da ist „zum Rath;" ich aber bin ein „Zwanziger," der da ist „zum Betrieb," nachzueilen der Nahrung, dann wird Gott, gelobt sei er, Euch Beide zusammen beglücken und mein zitternd Herz wird freudig sein mit Euch!"

Sie hielt jetzt lange, recht lange inne. Dann aber sprach sie wieder ganz ruhig: „Reb Noach, das ist meine Tachliß-Deroschoh!"

Reb Noach sprach eine ganze Zeitlang kein Wort, sondern drehte seinen Kopf immerfort hin und her, wie Jemand, der seinen Sinnen nicht trauen mag. Dann endlich legte er seine breite Hand auf den Tisch, und sprach mit tiefstem Ernst:

„So wahr wie morgen noch ist ein Tag des Gottesgerichts, [1] und so wahr Gott, gelobt sei er, uns eine günstige Entscheidung geben soll, es wird bei mir nicht Ein Wort von all dem, was Du da gesagt hast, fallen zur Erd!"

Wieder hielt er inne und sann. Es waren

---

[1] Der siebente Tag des Hüttenfestes wird als „großes Hoschannah-Fest," als ein Tag des Gottesgerichts gefeiert.

viele Lebenspläne, die Vögele hier gezeichnet,
und sie waren klar, bestimmt und sicher, und grif=
fen in das Geschick Aller, ja der ganzen Gemeinde
ein! Der schlichte Mann bekam zum erstenmal
im Leben eine dunkele Ahnung davon, daß We=
sen solcher Art in großen Zeitverhältnissen und
unter begünstigenden Umständen herrschend und
Schicksale bewältigend auftreten können, und
daß das Kind, das so eben gesprochen, verwandter
Natur mit den großen Geistern sein möge,
die man Propheten Gottes nennt. — Er schüt=
telte immerfort den Kopf und suchte nach einem
Wort, einem Gedanken für das, was er em=
pfand. Endlich sah er auf Golde; es war ihm
nicht entgangen, wie in ihrem Antlitz während
der Reden Vögele's gar häufig Farbe und Aus=
druck gewechselt, und jetzt sah er einen Glanz der
Freude dasselbe umschweben. Sind doch die bei=
den Kinder, sprach er in seinem Herzen, wie
„Urim" und „Thummim¹), " die eine wie „Licht"

---

1) Zwei Tafeln am Brustschild des Hohen Priesters,
die auch als Orakel gebraucht worden sind.

und die andere wie „Wahrheit". — Darum
mußte er auch von Golde etwas hören.

„Golde," sagte er mit treuherziger Ruhe,
„Golde, mein Kind, komm her zu mir." — Sie
kam.

„Golde," sagte er nach einer Pause, „was
ich zu thun hab, weiß ich, und werde ich thun,
und noch mehr mit Gottes Hilfe, als die da gesagt hat. — Aber sag Du mir, Du mit Deiner
Wahrhaftigkeit, sag, versündigt man sich denn
nicht, wenn man anhebt zu glauben an die Worte
von Deiner Schwester, wie an Prophezeiungen?
— Red doch, gute Golde! — Es bewegt sich ja Dein
Herz, daß man's Dir ansieht im ganzen Angesicht.
Red doch nur, sag mir all' Deine Gedanken, und
was ich denken soll."

„Was Ihr denken sollt," sprach Golde's ru-
hige klare Stimme, „das weiß ich nicht; aber
was da in mir lebt, das will ich Euch sagen. —
Wenn ich mein Vögelchen seh, wie sie so ge-
schwind ausfliegt mit all den Flügeln ihrer Seele,
dann wird mir wie der Mutter, wenn sie das

Kind lustig auslaufen sieht, und kann nicht nach und kann nicht einmal sehen, wo da an den Ecken ein Stein liegt. Sie kann nur beten zu Gott, — gelobt sei er — „daß er seinen Engeln befehlen soll, das Kind zu hüten, daß sie es an den Händen tragen, damit der Fuß nicht strauchelt!"[1]) — Aber wenn das Kind so fliegend wieder umkehrt und heimkommt, breitet die Mutter die Arme aus und nimmt's an's Herz und „freut sich mit Zittern;"[2]) — denn es hat nicht gestrauchelt! — — Ich hab gezittert; aber ich freue mich: sie hat heut nicht gestrauchelt!"

„Und morgen?" — fragte Reb Noach.

„Man betet ja zu jeder Nacht, daß Gott den Engeln befehlen soll, daß keiner strauchele!"

Wieder saß Reb Noach ganz still und sann in sich hinein.

Täubchen aber erhob sich jetzt in der vollen Bewegtheit ihrer Seele, mit der sie die ganze Zeit vergeblich gerungen. „Noach leben," rief

---

1) Psalm 91. 11. 12.    2) Nach Psalm 2. 11.

sie, „sei nur nicht bang, ich hab keine Gemüths-
bewegung, ich hab schon seit vier Wochen keine
Gemüthsbewegung, das ist nur das Lachen der
Seele, die in mir so lichtig wird, wenn dieser
Maggid redt. — Komm, komm nur zu mir, mein
Vögelchen! Weißt Du, Noach leben, das ist doch
wie am großen Freudefest der Thora, wo man
nimmt ein Licht vom Altar und stellt es hinein
in die heilige Lade, aus der man alle Thora-
Rollen herausgenommen hat, um damit zu
tanzen! Komm, Du Licht vom Altar, komm
Du an mein Herz!"

Vögele lag am Herzen der geliebten Frau;
aber nur einen Augenblick. Dann richtete sie sich
hoch auf und sprach, in feierlicher Begeisterung
den Arm nach Golde ausstreckend:

„Ein Licht vom Altar! Wohl leuchtet es
zum Gebet und es hat die Gnade, auch für kurze
Zeit hineingestellt zu werden in die heilige Lade!
Doch brennt es nur vor den Leuten; man
zündet's an, wenn man kommt, und löscht es
aus, wenn man geht! Aber ein andres, ganz

andres Licht noch brennt in jeder, lieben heiligen Schul¹), das brennt nicht vor den Leuten und leuchtet nicht, wenn andre Lichter leuchten. Es brennt in seinem stillen Schrein durch Tag und durch Nacht, wie da geschrieben steht: „Es soll nicht verlöscht werden!" Denn es soll sein „ein ewiges Licht!" was da leuchte allen Seelen, die durch die Schul gehen bei Tag und bei Nacht, wenn die Leute nicht drin sind! Das ist das Licht für alle Lichter, das brennt still für sich und man zündet daran an Alles, was da leuchtet vor der Welt! — Golde! Du mein stilles, ewiges Licht," rief Vögele, „nicht wahr, ich hab heut nicht gestrauchelt!"

„Nein! nein, mein gut Herz, nein, Du hast noch gar nicht gestrauchelt!" sagte Golde.

„Aber zittern hab' ich Dich heut gemacht?"

Golde schwieg.

„Und gebetet hast Du für mich?"

Golde schwieg.

---

1) Synagoge.

„Und immer, immer wirst Du für mich beten!"

„Ja, meine gute Schwester!"

Und Golde nahm Vögele in ihren Arm, während Täubchen an der Brust des geliebten Mannes ruhte.

———

Was sollen wir noch viel erzählen?

Wir können nach der Rede unseres Maggid nur mit der Schrift sagen: „Und es ward also!"

Nach drei Jahren kamen zwei herrliche junge Männer aus Berlin. Der Zempelburger, ein Lehrer, wie er selten gefunden wird, voll Liebe und Herzenstreue für seinen schönen Beruf, und der Kosminer, ein eifriger Kaufmann, voll vortrefflicher Sachkenntniß für sein Fach und neben= her ausgerüstet mit einem höchst schätzenswerthen Sinn für alles Gute und Schöne im Bereiche der Kunst und der Literatur. Täubchen kam ihnen entgegen, einen lieblichen Knaben an der Hand und eine neue Hoffnung unter ihrem Her=

zen, und versicherte schluchzend aller Welt, sie habe gar keine Gemüthsbewegung!

Reb Noach wurde es nicht schwer, sein Gelübde zu erfüllen. Er griff tief in seine Tasche, um die Witwe zu einem recht ansehnlichen Schulhaus umzubauen. Die Gemeinde wußte es ihm Dank und Gott segnete sein Haus und seine Geschäfte, daß es sich unter der rüstigen Leitung des Kosminers bald vielfach vergrößert emporschwang.

Sollen wir von Vögele erzählen? Oder gar von Golde? Wie jene Buchhalterei und deutsche Literatur bei ihrem Kosminer studirte; diese gläubig zu Gott und ihrem Zempelburger aufsah, und ihre Hände nicht ruhen ließ im Schaffen und Wirken für Alle? — Wir müßten ein eignes Buch hierüber schreiben!

Und sollten wir die Hochzeiten beider Paare im Hochsommer des darauf folgenden Jahres schildern? Sollen wir erzählen, wie Täubchen ihre goldene Kette um Golde's Hals schlang, wie ihre zitternde Hand den geliebten Maggid schmückte? Sollen wir erzählen, wie Reb Noach

die Wohnung für den Zempelburger, und Ker=
low's Haus für den Kosminer, seinen Com=
pagnon, aus eigenen Mitteln ausstattete und
sogar mit eigener Hand schmückte? Oder sollen
wir den Zug durch die Gasse bis auf den Schul=
platz beschreiben, wo der Trauhimmel stand?
Erzählen von der Gemeinde, in der kein Auge
trocken blieb, als die Schwersenzer Musikanten
zum Braut=Gang das echte Braut=Menuett auf=
spielten? Oder wie Alle, Alle jauchzten, als man
ein zweifaches „Gut Glück" rief? Sollen wir ein
Bild geben von der Lustbarkeit nach Tische im
Hause Reb Noachs, als die „lange Mindel" und
die „kleine Chaje" einen eignen Tanz „Lulow und
Esrauq" aufführten? Sollen wir's beschreiben,
wie die alte reiche Genendel ihren goldbetreßten
Festtags=Rock aufschürzte, ihre hochhackigen Pan=
toffel auf die Hände steckte und auf ihren bloßen
Strümpfen einen Braut=Tanz aufführte, zu dem
sie mit den Pantoffeln und alle Weiber mit den
Händen den Takt klatschten? Oder sollen wir
zeigen, wie vor dem „Reigen=Führen" Reb Jiz=

chat Reb Simcha's in eigener Person das Taschen=
tuch aus seiner Tasche zog und zwei Zipfel beiden
Bräuten in die Hände gab und an einem Zipfel
selber anfaßte, um mit abgewandtem Gesicht
einen Gott gefälligen Tanz zu tanzen, bei dem
der Schwersenzer Musikant jedesmal einen ge=
waltigen Strich auf seiner Fidel that, wenn der
Rabbi gegen die Wand einen Kniß machte? —
Sollen wir Euch den lieblichen Felix, den ältesten
Sohn Täubchens, zeigen, wie ihm der Wacht=
meister seinen langen Säbel umschnallte und ihn
mitten auf den Hochzeitstisch stellte, daß Alle
lachten, bis ihnen die Thränen aus den Augen
liefen? Oder sollen wir's versuchen zu schildern,
welch ein Jubel entstand, als ein Wunder uner=
hörter Art geschah und Reb Refoel Wunderthäter
plötzlich erschien und einen kabbalistischen Kosak
tanzte, bei dem die lebhafte Gitel Asel's schrie:
„den Kosak mög' man in ein heiliges Buch ein=
schreiben für ewige Zeiten!" Oder soll ich Euch das
größere Wunder noch betheuern, daß die schwarze
Sfore mit Leeser Schlapp in der Küche einen

Friedenstraktat bei einer und derselben Gänse=
brust abschloffen, laut welchem „ewiger Friede"
zwischen diesen zwei Mächten herrschen solle?

Es wäre all dies und noch mehr, wovon man
Bücher voll schreiben könnte, doch nichts, gar
nichts, wenn ich Euch zeigen könnte Reb Chaim's
altes Antlitz, wie er seine Kinder segnet, Reb
Noachs und Täubchens Antlitz, als er zu ihr
sagte: „Weißt Du, mein Herzweib, heut hab'
ich auch die Gemüthsbewegung!" Vögele's
Antlitz, als sie ganz wertlos am Halse des Kos=
miners hing, und — Dein Antlitz, heilige Golde,
im Arme Deines Gatten!